Al tanto

Catorce cuentos contemporáneos

Gene S. Kupferschmid
Boston College

HOUGHTON MIFFLIN COMPANY / BOSTON
Dallas   Geneva, Illinois   Hopewell, New Jersey   Palo Alto

Acknowledgements

Rare is the book that is a solitary endeavor. I would like to express my gratitude and appreciation to Nancy Humbach of the University of Cincinnati, Ohio; Helen Saunders of Newton North High School, Newton, Massachusetts; Frances Aparicio of Stanford University, and my students and colleagues at Boston College for their thoughtful comments during the class testing of this book.

I would also like to thank my sons Owen, David, and Seth, the best and most critical reviewers one could possibly have.

"El sol atrapado," etching and aquatint by Joan Miró, 1977.
(Sotheby Parke-Bernet/Art Resource)

ISBN: 0-395-34445-X

Library of Congress Catalog Card Number: 83-81800

BCDEFGHIJ-H-8987654

Índice

Note: B = Beginner; I = Intermediate; A = Advanced

Introduction

Al tanto: catorce cuentos contemporáneos is an anthology of short stories designed to introduce literature in language classes as early as the third or fourth semester of college or the fourth or fifth semester of high school. Its primary purpose is to present a varied selection of short stories by contemporary writers from different parts of the Spanish-speaking world, stories that deal with ideas and issues that concern, interest, or amuse today's students. Its focus is on language acquisition and reading comprehension, rather than on literary analysis.

Levels and selection of stories

The general level of difficulty of each story is designated in the Table of Contents by the letters **B, I,** and **A. B** indicates *Beginner,* **I** indicates *Intermediate,* and **A** is for *Advanced.* Each unit is composed of stories of different levels, so the instructor may choose to use the book sequentially or to teach all the Beginner stories first, then all the Intermediate stories, then the Advanced ones. The levels were determined by the length of the selection, complexity of syntax, and the number of new or unusual words and expressions per paragraph. Classroom testing helped to define the designated levels.

The selection of the stories was based on the following criteria:

1. *Interest level.* The book is divided into six units of two or three stories grouped according to theme. *Tratando el amor* offers two unusual variations on the universal theme of love; *Historias del tiempo* is comprised of one story about Central America's pre-Colombian past and another about mankind's future; *Cuestiones de conciencia* confronts moral and ethical issues: *Mundos al revés* introduces students to the world of the fantastic and the absurd; *Guerras escondidas* presents two aspects of our contemporary world; and *Asuntos de familia* deals with family matters.
2. *Length.* Most of the stories in *Al tanto* are intentionally short so that students may easily follow the theme and understand what the author is trying to say to his/her audience. Despite the brev-

ity of the selections, they lend themselves well to stimulating conversations in class and interesting written assignments.

3. **Linguistic accessibility.** Every effort has been made to select stories that do not present major linguistic problems such as regional usage, difficult syntax, or language that is more common to literary expression than to everyday discourse.

4. **Variety.** Writers of both sexes and many countries are represented in this collection, as is a variety of styles and genres, including humor, fantasy, science fiction, mystery, and satire.

Organization

The text is divided into six units, each consisting of two or three short stories of varying length and complexity. Each unit is introduced by a short paragraph or two that tie the theme of the selections together in some way and provide a point of departure for future classroom discussions and homework assignments. Each of the fourteen short stories is preceded by a vocabulary list of words grouped into three categories: a) *palabras parecidas;* b) *palabras engañosas;* c) *palabras nuevas.* The vocabulary is followed by a set of pre-reading activities *(Actividades de prelectura)* that practice the three categories of words learned in the vocabulary section and that will help the students read the selection with greater ease, speed, and comprehension. A short biographical note combined with a few leading questions or statements focuses attention on the story itself. Post-reading activities *(Actividades de postlectura)* provide students with an opportunity to discuss various aspects of the story and to participate in related activities. All of these features are explained in more detail below.

Vocabulario

The vocabulary is divided into the following four subsections:

Palabras parecidas, or cognates, appear organized morphologically into four categories: nouns, verbs, adjectives, and adverbs given in alphabetical order.

Palabras engañosas, or false cognates, are given with their definitions immediately following the cognate section to alert students to the fact that some Spanish words have meanings that are not directly parallel in English.

Palabras nuevas, or new words, provide those words from each story that probably will be new to students at the intermediate level. The list is categorized into nouns, verbs, adjectives, and adverbs. Each new word is defined in English and shown within the context of an illustrative Spanish sentence. The criteria for listing new words in this subsection are: (1) the importance of knowing the word in order to understand the story, and (2) the frequency with which the word appears in other selections in the book.

Expresiones. Several useful idiomatic expressions from the story that might impede immediate comprehension are listed with their English equivalents.

Actividades de prelectura

The pre-reading activities that follow the *Vocabulario* give students practice in comprehending meaning and using new words actively before reading the selection. Their format is varied, and many of the activities encourage vocabulary expansion through the use of synonyms, antonyms, and corresponding forms.

El cuento

A short introductory paragraph in English gives an idea of the content of the story or some background material to assist comprehension, as well as brief biographical information about the author. Students who are interested in knowing more about an author or in reading other works by him/her can be encouraged to use the library, do a special project, or present a report. Line numbers are supplied for the readings so that students and instructors can refer to specific words or phrases during classroom discussions. Words and expressions that students are not expected to master actively appear in marginal glosses. Instructors will occasionally find that a word or expression is glossed in more than one story. This is done in order to provide flexibility for those instructors who wish to adapt the text to their own needs or do all the Beginner's Level stories followed by the Intermediate and Advanced Levels, instead of assigning the stories in the order in which they appear.

Actividades de postlectura

Postreading activities are varied in content and format to avoid boredom and rote preparation. The first exercise immediately following each story usually requires students to check their comprehension of the selection. In the case of stories that contain elements of fantasy, an exercise is provided to help students distinguish between reality and unreality. Several activities encourage unstructured use of Spanish through conversation, role play, debate, or short dramatic presentations. The last activity, *Temas para conversar o para escribir,* lists several topics or questions, directly stemming from the story, that can be discussed in class or assigned for compositions.

To the student

Reading techniques

Reading short stories in Spanish should be as rewarding and enjoyable as reading in your own language, and it can be if the same systematic procedures are applied. Try the following techniques and you will notice that your reading will be more rapid and pleasurable and that your comprehension will increase.

1. Give yourself enough time to read each story twice. Most of the stories in *Al tanto* are short enough to be read in very little time. Pay attention to the brief English introduction to each story because it can give you clues to understanding the plot and indicate some major points that can be used as guidelines.
2. Do not make reading into a translation exercise. Although Spanish and English word order are usually quite similar, Spanish word order is more flexible and does not always follow the pattern of noun + verb + the rest of the sentence.
3. It is better not to stop and look up the meaning of individual words when you don't understand a sentence or two, but to keep right on reading. You might find that the meaning will become clearer as the story develops.
4. Dictionaries and vocabulary lists can be a great help, but they can also slow you down and cause you to forget material that you have read previously. In this book, important new vocabulary is listed for you prior to each story and is given in context so that you can become familiar with key words and expressions before reading the selection.
5. Remember that you are reading for ideas, facts, and concepts, not isolated words. It is rarely necessary to know the English equivalent of every word on a page when you are dealing with creative works such as short stories, novels, or plays.

A modo de prólogo

La selección de obras literarias y pictóricas que integran este libro constituyen una muestra ejemplar de la obra creativa contemporánea. Con ellas queremos colaborar al gozo y al entendimiento del arte hispano.

El jardín barroco, *1965, por Alejandro Obregón (1920–), Colombia. The Solomon R. Guggenheim Museum, New York. Photo by Carmelo Guadegno.*

El cumpleaños del pintor, por Israel Roa (1909-), Chile. Collection, The Museum of Modern Art, New York.

Capítulo I

Tratando el amor

Many of the stories in *Al tanto* present love in one form or another, be it love for another human being, love of God or a supernatural being, or even love of oneself. The two stories in this chapter deal with romantic love: an unrequited flirtation in *Aqueronte* and the importance of the remembrance of love in *Barrio chino*.

---

1. Aqueronte
José Emilio Pacheco

Vocabulario

Antes de realizar los ejercicios de prelectura, estudie las siguientes palabras.

Palabras parecidas

Sustantivos	Verbos	Adjetivos	Adverbios
el diario	contemplar	armonioso / a	excepcionalmente
el estímulo	copiar	indignado / a	furtivamente
la limonada	disolver	lógico / a	momentáneamente
el misterio	flotar	silencioso / a	públicamente
la silueta	gesticular		tímidamente
la terraza	impedir		
la timidez	intervenir		
	ordenar		
	repetir		
	servir		
	transmitir		

Palabras engañosas

agitar to stir, agitate
intentar to try, endeavor, attempt

Palabras nuevas

el asiento seat, chair
Tome un asiento, por favor.

El bolígrafo pen (ballpoint)
Prefiero escribir con bolígrafo en vez de con lápiz. Es más práctico.

la caja registradora cash register
Al final del día la caja registradora estaba llena de dinero.

la cuenta bill, check
Hay que pagar la cuenta en la caja registradora.

la hoja sheet of paper
Necesito una hoja de papel para escribir una carta.

El mensaje message
—¿Hay algún mensaje para mí? —Sí, Ud. tiene un telegrama.

el mesero waiter
El mesero nos sirvió la comida.

la mirada look, glance
Ella tiene una mirada penetrante que me pone nervioso.

la pareja couple
Mis padres son una pareja feliz.

el vaso glass
Luisa pidió un vaso de agua fría. ¿Puedes llevárselo, por favor?

el ventanal window
La sala de estar de mi casa tiene dos grandes ventanales que dan al río.

mostrarse to show oneself
Juan se mostró muy tímido durante la cena.

esconderse to hide oneself
Juan siempre se esconde detrás de sus palabras. No le gusta mostrarse a nadie.

probar to taste
Los chicos probaron todos los pasteles y les gustaron los de chocolate.

sentirse to feel
Algunas personas se sienten muy incómodas en las entrevistas de trabajo.

sonreír to smile
Elvira es una mujer feliz; siempre está sonriendo.

mayor older, oldest
Ella tiene una hermana mayor y dos hermanas menores. La mayor se llama Luisa.

vacío / a empty
Miguel tiene los bolsillos vacíos; no tiene ni un centavo.

bajo under

El mesero puso la cuenta bajo el platillo.

hacia toward

María y Angel caminaban hacia el río cuando los vi esta mañana.

Expresiones

a solas alone

en seguida right away, immediately

por un instante for a moment

Actividades de prelectura

Para la realización de los ejercicios siguientes, es necesario conocer el vocabulario y las expresiones presentadas en la sección anterior.

A. Las palabras en cursiva del párrafo siguiente tienen el mismo significado. Dé sus equivalentes en inglés.

Era la tercera vez que miraba el reloj y aún lo hizo *nuevamente* antes de meter la mano en el bolsillo. *Una vez más* sacó el paquete de cigarrillos y *volvió a* encender otro. *De nuevo* el humo lo hizo toser.

B. Complete cada frase con una de las tres opciones que se ofrecen.

1. Una . . . de edad madura entra en el café.
   a) silueta   b) pareja   c) mirada
2. El hombre y la mujer toman asiento cerca de la . . . .
   a) terraza   b) hoja   c) cuenta
3. El . . . se acerca a la mesa y dice: —Buenas tardes.
   a) misterio   b) mensaje   c) mesero
4. La mujer pide una limonada sin . . . .
   a) vaso   b) azúcar   c) diario
5. El mesero les trae sus refrescos y dos . . . para agitarlos.
   a) líneas   b) cucharillas   c) ventanales
6. Es obvio que están contentos porque . . . mucho.
   a) se sienten   b) se muestran   c) sonríen
7. No hay nada nuevo . . . el sol.
   a) hacia   b) en   c) bajo
8. La chica saca su diario y un . . . y empieza a escribir.
   a) mensaje   b) asiento   c) bolígrafo
9. El hombre tiene una . . . triste.
   a) silueta   b) mirada   c) caja registradora

10. Yo no sé lo que pasó. Es un . . . .
    a) estímulo   b) misterio   c) asiento

11. José no está en casa. ¿Le gustaría dejarle algún . . .?
    a) mensaje   b) refresco   c) diario

12. La gente se va y el café está . . . .
    a) vacío   b) mayor   c) largo

C. Escoja uno de los adverbios apropiados de la lista para describir cómo las siguientes personas hacen lo que están haciendo. ¡Escoja lógicamente! Hay más de una posibilidad para cada frase.

excepcionalmente	furtivamente	momentáneamente
abiertamente	indignadamente	silenciosamente
ansiosamente	nuevamente	tímidamente

1. La chica levanta los ojos . . . .
2. El mesero contesta . . . .
3. Ese muchacho es . . . inteligente.
4. La chica lo mira . . . .
5. La señorita espera . . . .
6. El ladrón se esconde . . . .
7. Tenemos miedo de mirarla . . . .
8. El café está . . . vacío.

D. Complete las frases siguientes con la forma apropiada de los verbos en cursiva.

mostrarse   esconderse   probar   volver   impedir   ordenar   buscar

1. ¿Cómo sabes que el café está caliente si todavía no lo has . . . ?
2. ¿Vas a . . . vino o cerveza con la pizza?
3. ¿Conoce Ud. ese juego de niños en que un chico . . . y los demás . . . ?
4. Esas cosas me . . . absolutamente furiosa.
5. Si quieres salir ahora, nadie te lo . . . .

E. En el cuento *Aqueronte* hay muchos verbos que tienen un cambio de raíz en el tiempo presente. Es útil estudiarlos antes de leer la historia.

atravesar	impedir	sentarse
comenzar	mostrar	sentirse
decir	pedir	servir
disolver	poder	sonreír
encender	probar	volver
encontrar	repetir	

Aqueronte
José Emilio Pacheco

José Emilio Pacheco, one of Mexico's outstanding young authors, has written short stories, poetry, and novels. His work is characterized by endings that leave the reader guessing or free to choose or invent one.

The title of the following story, Aqueronte, *refers to the river Acheron of Greek mythology. It is one of the rivers of Hades that, according to the legend, nobody could cross twice. As you read this "boy-meets-girl" story, try to imagine why the author chose* Aqueronte *as the title.*

Son las cinco de la tarde, la lluvia ha cesado,° bajo la húmeda luz el domingo parece momentáneamente vacío. La muchacha entra en el café. La observan dos
5 parejas de edad madura, un padre con cuatro niños pequeños. Atraviesa rápida y tímidamente el salón, toma asiento en el extremo izquierdo.

Por un instante se ve nada más la silueta
10 a contraluz° del brillo solar en los ventanales. Se aproxima° el mesero, ella pide una limonada, saca un block de taquigrafía,° comienza a escribir algo en sus páginas. De un altavoz° se desprende música gastada,
15 música de fondo° que no ahogue° las conversaciones (pero ocurre que no hay conversaciones).

El mesero sirve la limonada, ella da las gracias, echa un poco de azúcar en el vaso
20 alargado° y la disuelve haciendo girar° la cucharilla de metal. Prueba el refresco agridulce,° vuelve a concentrarse en lo que escribe con un bolígrafo de tinta° roja. ¿Una carta, un poema, una tarea escolar,° un
25 diario, un cuento? Imposible saberlo como imposible saber por qué está sola ni tiene adónde ir en plena° tarde de domingo. Podría carecer° también de edad: lo mismo catorce que dieciocho o veinte años. Hay algo que la
30 vuelve excepcionalmente atractiva, la armoniosa fragilidad de su cuerpo, el largo pelo castaño,° los ojos tenuemente rasgados.° O un aire de inocencia y desamparo° o la pesadumbre° de quien tiene un secreto.

has stopped

against the light
comes over
shorthand

loudspeaker
background / doesn't drown out

tall glass / stirring

sweet and sour
ink
homework

the middle of
lack

brown / almond-shaped
helplessness
sorrow

35   Un joven de su misma edad o ligeramente
mayor se sienta en un lugar de la terraza,
aislada° del salón por un ventanal. Llama al   *separated*
mesero y ordena un café. Luego observa el
interior. Su mirada recorre sitios° vacíos, gru-   *spots, places*
40 pos silenciosos, hasta fijarse° por un instante   *noticing*
en la muchacha.

    Al sentirse observada alza la vista,° la   *she looks up*
retrae, vuelve a ocuparse en la escritura. Ya
casi ha oscurecido.° El interior flota en la   *has gotten dark*
45 antepenumbra° hasta que encienden la luz   *semi-darkness*
hiriente° de gas neón. La grisura° se disuelve   *painful / grayness*
en una claridad diurna° ficticia.   *daylight*

    Ella levanta nuevamente los ojos. Sus
miradas se encuentran. Agita la cucharilla, el
50 azúcar asentado en el fondo° se licúa en el   *bottom*
agua de limón. Él prueba el café demasiado
caliente, en seguida se vuelve hacia la
muchacha. Sonríe al ver que ella lo mira y
luego baja la cabeza. Este mostrarse y
55 ocultarse, este juego que los divierte° y   *amuses*
exalta° se repite con variantes levísimas°   *excites / slight*
durante un cuarto de hora, veinte, veinticinco
minutos. Hasta que al fin la mira abiertamente y sonríe una vez más. Ella aún trata de
60 esconderse, disimular° el miedo, el deseo o el   *to conceal*
misterio que impide el natural acercamiento.°   *getting closer*

    El cristal° la refleja, copia furtivamente   *glass*
sus actos, los duplica sin relieve ni hondura.°   *emphasis or depth*
La lluvia se desata de nuevo, ráfagas° de aire   *gusts*
65 llevan el agua a la terraza, humedecen° la   *dampen*
ropa del muchacho que da muestras de
inquietud° y ganas de marcharse.   *signs of restlessness*

    Entonces ella desprende° una hoja del   *tears off*
block, escribe ansiosamente unas líneas
70 mirando a veces hacia él. Golpea° el vaso con   *she taps*
la cuchara. El mesero se acerca, oye lo que
dice la muchacha, y retrocede,° gesticula, da   *steps back*
una contestación indignada, se retira° con   *withdraws*
altivez°.   *haughtily*
75   Los gritos° del mesero han llamado la   *shouts*
atención de todos los presentes. La muchacha
enrojece° y no sabe cómo ocultarse. El joven   *blushes*
contempla paralizado la escena que no pudo
imaginar porque el lógico desenlace° era otro.   *outcome*
80 Antes que él pueda intervenir, sobreponerse a

la timidez que lo agobia° cuando se encuentra   *overcome*
públicamente a solas sin el apoyo,° sin el es-   *support*
tímulo, sin la mirada crítica de sus amigos, la
muchacha se levanta, deja un billete° sobre la   *bill*
85 mesa y sale del café.

Él la ve salir sin intentar ningún movimiento; reacciona, toca en el ventanal para
pedir la cuenta. El mesero que se negó a°   *refused*
trasmitir el mensaje va hacia la caja registra-
90 dora. El joven aguarda° angustiosamente   *waits*
dos, tres minutos, recibe la nota, paga, sale al
mundo del anochecer° en el que se oscurece la   *dusk*
lluvia. En la esquina° donde se bifurcan° las   *streetcorner / cross*
calles, mira hacia todas partes° bajo el   *all over*
95 domingo de la honda ciudad que ocultará por
siempre a la muchacha.

Actividades de postlectura

A. Recuente la historia con sus propias palabras. Lea las frases de
número impar (1, 3, 5, etc.) y continúe el cuento en los números
pares (2, 4, 6, etc.). Trate de escoger los elementos más importantes.

1. Es el domingo. Son las cinco de la tarde.
2. ...
3. Cuando se aproxima el mesero, la muchacha pide una
limonada.
4. ...
5. Vuelve a concentrarse en lo que escribe.
6. ...
7. Es una muchacha atractiva.
8. ...
9. Un joven se sienta en la terraza.
10. ...
11. Ella levanta nuevamente los ojos.
12. ...
13. Sonríe al ver que ella lo mira y luego baja la cabeza.
14. ...
15. Al fin la mira abiertamente y sonríe una vez más.
16. ...
17. Escribe ansiosamente unas líneas mirando a veces hacia él.
18. ...
19. Los gritos del mesero han llamado la atención de todos los
presentes.

20. . . .
21. La muchacha se levanta, deja un billete sobre la mesa y sale del café.
22. . . .

B. El autor del cuento ha dejado mucho a la imaginación del lector. Invente una explicación lógica para cada párrafo.

1. ". . . vuelve a concentrarse en lo que escribe con un bolígrafo de tinta roja. ¿Una carta, un poema, una tarea escolar, un diario, un cuento?"
   (¿Qué estará escribiendo la muchacha? ¿Por qué?)
2. "Imposible saberlo como imposible saber por qué está sola ni tiene adónde ir en plena tarde de domingo".
   (¿Por qué estará sola la muchacha? ¿Por qué no tendrá adónde ir?)
3. ". . . o la pesadumbre de quien tiene un secreto".
   (¿Qué secreto podrá tener la muchacha?)
4. "Entonces ella desprende una hoja del block, escribe ansiosamente unas líneas mirando a veces hacia él".
   (¿Qué estará escribiendo ella en la hoja?)
5. "El mesero se acerca, oye lo que dice la muchacha, y retrocede, gesticula, da una contestación indignada . . ."
   (¿Qué le estará diciendo la muchacha al mesero? ¿Por qué dará una contestación indignada el mesero?)
6. "El joven contempla paralizado la escena que no pudo imaginar porque el lógico desenlace era otro".
   (¿Cuál sería el lógico desenlace que esperaba el joven?)

C. ¿Está Ud. contento/a con el desenlace del cuento? ¿Hubiera preferido otro? Entonces, escriba o describa otro desenlace, empezando en la línea "Entonces ella desprende una hoja del block, escribe ansiosamente unas líneas mirando a veces hacia él" o en la línea "Los gritos del mesero han llamado la atención de todos los presentes". Usted puede inventar un desenlace cómico, trágico, o sorprendente. Hay tantos desenlaces como lectores. Usted también puede trabajar en grupo con otras personas de la clase.

D. Temas para conversar o para escribir

1. La relación del título con el cuento.
2. La importancia de la lluvia en el cuento.
3. La efectividad (o la falta de efectividad) de la ambigüedad al final del cuento.

2. Barrio chino
Guadalupe Dueñas

Vocabulario

Antes de realizar los ejercicios de prelectura, estudie las siguientes palabras.

Palabras parecidas

Sustantivos
la desesperación
la pausa
la repugnancia

Verbos
acompañar
escapar
narrar
observar
pronunciar
separarse

Adjetivos
diminuto / a

Palabras engañosas

el destino destination; destiny
emocionado / a moved, touched
guardar to put away, save
preciso / a necessary
el privado bathroom
recuperar to recover
revisar to examine, inspect
el / la solitario / a solitary person

Palabras nuevas

el ademán gesture
La mujer no dijo nada; sólo indicó su desdén con un ademán.
la bolsa bag, handbag
Rita abrió la bolsa y sacó cinco pesos.
la cabaña cabin
Acabo de leer la famosa novela norteamericana, *La cabaña del Tío Tom.*
la dureza hardness
La dureza en la mirada del hombre asustó a los chicos.
la frialdad coldness
Aunque Carlos nos dijo que sí, no me gustó la frialdad de su respuesta.

el odio hate, hatred
Según el psiquiatra Sigmund Freud, a veces hay poca diferencia entre el amor y el odio.

el paquete package
¡Qué sorpresa! El cartero acaba de entregarme un paquete enorme.

la pastilla tablet, pill
El doctor dice que tienes que tomar cuatro de estas pastillas al día hasta que se te pase la infección.

el sobre envelope
Con dedos temblorosos ella abrió el sobre y comenzó a leer la carta que tanto había esperado.

acariciar to caress
La madre miró a su hijo con ternura mientras lo acariciaba.

acercarse (a) to come close, approach
¡Acércate! El perro es muy amable y no te va a morder.

advertir (sobre) to warn (of)
Es importante que los padres adviertan a sus hijos sobre los peligros del alcohol.

alejarse (de) to move away (from), leave
Cuando Emilia está a dieta, se aleja de la mesa lo más pronto posible.

callar to be silent, stop speaking
Cuando el político comenzó a hablar, el público calló en seguida.

desdoblar to unfold
Tienes que desdoblar el mapa para leerlo mejor.

pertenecer to belong to
¿A quién pertenece esta bolsa? Alguien la dejó aquí.

recoger to pick up
¡Chicos! ¿Cuándo van a recoger sus cosas del piso?

señalar to indicate, point out
Antes de empezar, me gustaría señalar el camino que debemos tomar.

sorber to sip
Es necesario sorber el café lentamente porque todavía está muy caliente.

vigilar to watch, keep an eye on
Mientras charlaban y tomaban café, las madres vigilaban a sus hijos.

angustioso / a distressed, anguished
Es angustiosa la espera después de un examen.

húmedo / a damp, humid
En la temporada de las lluvias toda la casa está húmeda.

igual equal, same, alike
¡Claro que Inés e Irene parecen iguales! ¡Son hermanas!

mojado / a wet
No, las toallas no están secas. Todavía están mojadas.

Expresiones

con descuido carelessly
salir bien to come out all right
tener otra salida to have another way out

Actividades de prelectura

Para la realización de los ejercicios siguientes, es necesario conocer el vocabulario y las expresiones presentadas en la sección anterior.

A. Complete cada frase con un sinónimo de la palabra en cursiva.

1. No puedo salir esta noche porque tengo que *cuidar* a mi hermanito. Mi hermano mayor no lo puede . . . .
2. —¿Es *necesario* hacer la tarea ahora?
   —¿Sí, es . . . que tú la hagas inmediatamente.
3. —Ayer el doctor me *examinó*.
   —¿Y qué te dijo cuando te . . . ?
4. Paco me *indicó* la ruta en el mapa, pero no me . . . la esquina donde hay que doblar.
5. No me gusta *beber* el vino rápidamente, sino . . .lo despacio.

B. Complete cada frase con un antónimo de la palabra en cursiva.

1. El chico no *pronunció* ni una sola palabra. Él . . . , negándose a participar en la conversación.
2. Si hubiera más *amor* y menos . . . el mundo sería mucho más agradable.
3. Mientras hablaba, la mujer *doblaba* y . . . la servilleta nerviosamente.
4. ¡No *te alejes*! ¡. . . !
5. ¿No tienes un traje de baño *seco*? No debes ponerte uno . . .
6. No creo que estos tonos de azul sean *diferentes*. A mí me parecen . . .
7. Hay que hacer el flan *con mucho cuidado*. Si lo preparas . . . , no te va a salir bien.

C. Dé el sustantivo que corresponda al adjetivo en cursiva.

1. Me lo dijo con tono *frío*. Se notó la . . . en su voz.
2. El niño *tímido* acarició el gato. Su . . . era obvia.
3. ¿Qué hay en esa bolsa *misteriosa*? Parece ser un . . .
4. Claro que el hombre y la mujer son *iguales*. Yo creo en la . . . de los sexos.
5. El diamante es una piedra muy *dura*. Esta . . . lo hace muy útil en la industria.

6. Cuando los pasajeros del avión sintieron el fuego a bordo, se produjo una *angustiosa* espera hasta aterrizar. Ahora esa . . desesperación ya ha pasado.

D. Escoja la palabra apropiada de la lista a la derecha de la página para completar cada frase. Use la forma correcta de la palabra.

1. ¿Me puedes traer un vaso de agua? Tengo que tomar . . . pastilla

2. La secretaria escribió el nombre y la dirección en . . el sobre

3. El hombre hizo el ademán brusco sin contestar a la pregunta.

4. Ayer le regalamos . . la bolsa . . a nuestra madre para el Día de la Madre.

5. La cabaña a la orilla del lago no es suya. . . . pertenece a su abuelo.

6. El cartero me . . advirtió . . : ¡Tenga cuidado con este paquete porque es pesado!

7. A los abuelos les gusta . . acariciar . . a los nietos.

el ademán *gesture*
la bolsa *bag*
la cabaña *cabin*
el paquete *package*
la pastilla *pill*
el sobre *envelope*
acariciar *caress*
advertir *warn*
pertenecer *belong to*

Barrio Chino
Guadalupe Dueñas   méxico

The literary work of Guadalupe Dueñas includes short stories, essays and a novel. Not only has she written in several genres, but she incorporates a number of themes in her work, ranging from pure fantasy to shocking reality.

The title of the following story sets the scene for the mysterious action that occurs. "El barrio chino" usually refers to the seedier, more sordid part of a town or city, frequented by underworld figures or others whose activities might be in conflict with the law or society. A strange place indeed, for an encounter between Julio and the woman he loves.

Julio llegó al café. Se acercó a la estufa,°   *heater*
se quitó los guantes húmedos y los guardó en
el bolsillo del sobretodo.° Deslió° la   *overcoat / he*
bufanda,° se deshizo del sombrero. Luego fue   *unwound / muffler*
5 a sentarse en la segunda mesa, justo frente al
espejo. Miró el reloj, y como siempre, eran las
tres en punto de la tarde. En la luna se refle-
jaba el salón. Revisó con asco° el cafetucho.   *disgust*
Dirigió la vista a° cada una de las mesas y   *he looked*
10 sintió repugnancia: mesas sucias, vasos ya
sin transparencia; en el piso migajas° y ser-   *crumbs*

villetas usadas. Unos cuantos parroquianos:°   *customers*
aquel solitario en la cuarta mesa; tres
mujeres de edad, otro solitario al fondo y otro
15 más. La figura del mesero a la entrada de la
cocina. Buscó a la izquierda. Sólo el hombre-
cillo de la cuarta mesa. La espalda del capitán   *clutching a sheaf of*
con las cuartillas embrazadas.° Un señor y   *paper*
un niño saliendo del privado "caballeros" y
20 nada más.

    Desenvolvió° el terrón° de azúcar, lo   *he unwrapped / cube*
puso en la cucharilla mojada de café y sorbió
despacio, con delectación profunda, hasta que
la cuchara vacía reflejó la punta de su nariz.
25   Cuando ella entró, una racha° de aire   *gust* ~~little eyes~~
helado sopló sobre la basura.° Los ojillos del   *rubbish*
hombre de la cuarta mesa, la siguieron apasionadamente y no se le separarían más.

    Julio no hizo el ademán oficial de levan-
30 tarse. Ella acercó una silla y se sentó cerca de
él. Abrió nerviosamente la bolsa, sacó un
diminuto sobre y titubeó° al entregárselo.   *hesitated*
Julio estrechó° con sus dos manos los dedos   *clasped*
crispados° y los retuvo sin temblar. Sus ojos   *twitching*
35 buscaron los ojos fríos de ella, entre furibundo y amante. En seguida recogió el sobre-
cillo y lo miró, lo miró. No podía escapar a su
fascinación. Sorbió de nuevo el café mientras
su puño° se cerraba con odio arrugando°   *fist / crumpling*
40 aquella dádiva° tan pequeña y tan grande   *gift*
que contenía una vida.

    —¡No tenemos otra salida, Julio!—
Pareció que no pronunciaría una palabra más,
pero aún dijo:
45   —Ya es demasiado tarde—. El tono de su
voz se hizo angustioso. —¿Será preciso
hacerlo? . . .

    Recuperó su frialdad al añadir: —Ya lo
han decidido todo.
50   —¿En este momento?—preguntó él,
mientras acariciaba el paquete con descuido.

    —Cuando tú quieras, pero hoy— aclaró
con dureza.

    —Tienes razón. No hay escape. Lo haré y
55 lo haré ahora mismo— dijo estrujando° el   *crushing*
sobre rudamente.

    —¡No ahora!, ¡por favor!—gritó ella, e
hizo ademán de levantarse.

—Acompáñame hasta terminar. Es sólo
60 media taza.

Ella volvió a su posición, sacó dos cigarrillos, emocionada, los encendió y le puso a él
uno en los labios.° Los ojos de Julio acari-   *lips*
ciaron la boca de la muchacha.

65 Por decir algo, el hombre preguntó si
todo había salido bien, si los pasaportes y los
microfilmes habían llegado a su destino. Ella
narró los pormenores.° Él subió el tono de su   *details*
voz. Ella le advirtió de su imprudencia vol-
70 viendo la cabeza para señalarle al hombrecillo
solitario que encarnizadamente° los vigilaba.   *cruelly*

—Ya lo vi— dijo él. —Ahora ya nada
importa . . .

—¿Y yo . . . ?

75 —Todo saldrá bien, querida. Estás a
cubierto° con tal de que no aparezca más.   *covered*

—¡Quién sabe!— dijo aspirando el humo●   *exhaling the smoke*
con desesperación. Ella sabía que a pesar de
todo° no se libraría,° pero calló. Quiso dejar a   *in spite of*
80 Julio siquiera° esa esperanza. Hubo una   *everything / she*
larga pausa. De pronto él sonrió: *wouldn't be free /*
                                                     at least
—¡Ah, nuestra cabaña! El que llegue no
entenderá la decoración. Me temo que cam-
biará todo. ¿Lo has dejado igual?

85 —¿Quién piensa en eso?

—¡Cómo me gusta el río que suena° allá   *sounds*
abajo en la cañada!° La alcoba es confor-   *ravine*
table, íntima. ¿A quién reflejará el espejo en
que tú te mirabas? ¡Estábamos tan solos, tan
90 cobijados° por el bosque! Nuestro amor tenía   *sheltered*
sentido.

—¡Calla!

—Sí, ya terminó. No hay que obstinarse.°   *persist*

—Todo quedó lejos. Nos observan. Debo
95 irme.

—No te vayas. Estos minutos nos pertenecen. Ya no les importa . . . Pues sí, fue
maravilloso. ¿Te acuerdas de la primera vez
que fuimos a la cabaña?

100 Ella sonrió con un nudo° en la garganta.°   *knot / throat*

—¡Por favor!— dijo.

—Creo que estabas asustada, lo noté por-
que te sudaban° las manos y levemente se   *perspired*
estremecía° tu naricilla. Reímos mucho des-   *quivered*
105 pués, también porque no podíamos bailar,

tropezábamos con° los muebles y nos emo-   *we bumped into*
cionaba nuestro desacuerdo.

—Deja eso, deja eso. Debo irme ya . . . .

—¿Y lo que queda de café?

110   —Es un tiempo que ya no es para nosotros . . . .

—Cierto, que seas feliz.

La mujer se levantó, lo miró entre presagios°   *with foreboding*
y se volvió° firme y rápida.   *turned*

115   Julio cerró los ojos y la oyó alejarse. Sus
pasos lo hirieron° como golpes de hacha.°   *wounded / ax blows*
Sintió sobre la nuca° el aire que arrastró   *nape of the neck*
copos° de nieve hasta las primeras mesas.   *flakes*
Desdobló lentamente el sobre, sacó la pas-
120   tilla, la observó sin calosfrío° y la puso en su   *a shiver*
lengua. En seguida bebió el resto del café y
aun el vaso de agua.

El hombrecillo de la cuarta mesa, atento
a la ceremonia que no duró más de lo que
125   tardó la mujer en llegar a la puerta, se
levantó, fue por su sombrero, metió la mano
en la bolsa del saco, sintió la frialdad de la pistola y la siguió.

Actividades de postlectura

A. Siga las sugerencias para recontar la historia.

1. Un hombre que se llamaba Julio llegó al café.
   a) ¿Cómo era el café?
   b) ¿Quiénes eran las otras personas que estaban allí?
   c) ¿Qué hizo Julio después de llegar?
2. Una mujer entró en el café.
   a) ¿Qué hizo ella al llegar?
   b) ¿Qué le entregó a Julio?
   c) ¿Cómo estaba la mujer?
   d) ¿De qué hablaron ella y Julio?
3. Ella quiso irse, pero Julio le pidió que se quedara hasta terminar el café.
   a) ¿De qué hablaron?
   b) ¿Cuál era la actitud de la mujer durante la conversación?
   c) ¿Cuál era la actitud de Julio durante la conversación?
4. La mujer salió del café.
   a) ¿Qué hizo Julio cuando ella salió?
   b) ¿Qué más ocurrió?

B. Nunca se sabe quiénes son Julio, la mujer, o el hombre de la cuarta mesa. Tampoco se sabe dónde ocurrió la historia ni a qué situación se refiere. Escoja la explicación que prefiera y apoye su argumento con algunos detalles del cuento.

1. La mujer está casada con otro hombre.
2. Todos son contrabandistas de drogas.
3. Es un cuento de contraespionaje y ellos son espías. K
4. Julio y la mujer son exilados políticos de su país.
5. Ellos son vendedores de armas.
6. Julio y la mujer están en contra del represivo gobierno totalitario de su país.

C. Forme un grupo con dos o más compañeros de clase para representar su versión del cuento en un minidrama. Invente los detalles que no estén en el cuento, pero incluya en su minidrama las siguientes líneas:

1. —¡No tenemos otra salida, Julio! Ya lo han decidido todo.
2. —Tienes razón. No hay escape.
3. —Todo saldrá bien, querida.
4. —Estos minutos nos pertenecen.
5. —Es un tiempo que ya no es para nosotros . . .

D. Temas para conversar o para escribir

1. a) A mí me gusta un cuento que requiere mi participación activa para completarlo.
   b) Yo prefiero que el / la autor/a me dé todos los detalles.
2. El cuento refleja las circunstancias del mundo actual.
3. El uso de una taza de café para crear la tensión es una técnica . . . (dé su opinión)
4. Si yo fuera la persona en la *quinta* mesa, pensaría . . .

*Tikal, antigua ciudad maya, Guatemala. Organiza-
tion of American States.*

Ruidos de la tierra, *1950, por Wifredo Lam (1902-),
Cuba. The Solomon R. Guggenheim Museum, New
York. Photo by Carmelo Guadegno.*

Mujer con carrito de niño, *1950, por Pablo Picasso (1881-1973), España. Hirshhorn Museum and Sculpture Gallery, Smithsonian Institution.*

Capítulo II

Historias del tiempo

All the stories in this book have been written by contemporary authors and refer to events and ideas that correspond to the twentieth century. The stories in this chapter, HISTORIAS DEL TIEMPO, offer a glimpse of the past and the future as seen from the vantage point of today. *El eclipse* tells of an imaginary incident that might have taken place in the sixteenth century, yet the problem it presents is as real today as it was then. *Apocalipsis* gives a vision of the future that might await us.

---

3. El eclipse
Augusto Monterroso

Vocabulario

Antes de realizar los ejercicios de prelectura, estudie las siguientes palabras.

Palabras parecidas

Sustantivos	Verbos	Adjetivos	Adverbios
el astrónomo	aceptar	arduo / a	particularmente
la comunidad	conferir	brillante	vehemente
el desdén	producir	cierto / a	
la incredulidad	recitar	opaco / a	
el indígena	sacrificar		
la tranquilidad			

Palabras engañosas

el dominio control

Palabras nuevas

el conocimiento knowledge
Juan es un experto en motores. Tiene un gran conocimiento de la mecánica.

la esperanza hope
A pesar de la mala suerte que tenía, la tía Rosa nunca perdió la esperanza.

la piedra stone
Esta hermosa casa de piedra tiene más de cien años.

el rostro face
Elena no podía creer lo que veía. Se notaba la incredulidad en su rostro.

la sangre blood
Nunca podré ser médico porque no me gusta ver sangre.

la selva jungle, forest
La selva del Amazonas es vasta y peligrosa.

el temor fear
¡No te puedes imaginar el temor que sentí cuando estuve en la selva!

engañar to deceive, cheat, trick, fool
La apariencia de Juan engaña mucho porque aunque es delgado, es muy fuerte.

prever to foresee
Los gitanos dicen que pueden prever el futuro en las manos.

valerse de to make use of
Juan se valió de toda la información que yo le había dado cuando llegó a México.

confiado / a trusting, confident
Juana siempre deja la puerta abierta porque es muy confiada.

digno / a worthy of
Mis amigos son dignos de toda mi confianza.

fijo / a set, fixed
Tenía la mirada fija, como una estatua.

rodeado / a (de) surrounded (by)
La casa está rodeada de árboles gigantes.

valioso / a valuable, highly esteemed
Hay muchas obras de arte muy valiosas en el museo del Prado.

Expresiones

de sí mismo of himself, of herself, of oneself
uno/a por uno/a one by one

Actividades de prelectura

Para la realización de los ejercicios siguientes, es necesario conocer el vocabulario y las expresiones presentadas en la sección anterior.

A. Complete la historia siguiente con palabras lógicas de la lista a la derecha.

aceptada
aislada
astrónomos
brillante
comunidad
conocimientos
digna
dominio
esperanza
incredulidad
piedra
prever
producido
rodeadas
sacrificaban
sangre
selva
se valían
valiosas

La civilización maya, que alcanzó su nivel más alto en los años 300 a 1000 d.C., fue la más ... de todas las civilizaciones precolombinas de las Américas. Es ... de nuestra atención porque se desarrolló completamente ... del desarrollo europeo de esa época.

Cuando los conquistadores españoles llegaron al nuevo mundo la civilización maya ya estaba en su decadencia. Muchas de sus magníficas ciudades de ... estaban abandonadas, ... por la .... Los arqueólogos han ... muchas teorías para explicar la desaparición de esa gran civilización, pero ninguna es .... Sin embargo, las ciudades eran tan espléndidas que los españoles las miraban con .... Ellos vinieron con la ... de descubrir oro y encontraron otras cosas ....

La ... maya era muy avanzada en las artes y tenía profundos ... de las ciencias abstractas como la astronomía y las matemáticas. Los ... mayas ... de su conocimiento de las órbitas de los planetas para ... los eclipses solares y lunares. Ellos conocían el concepto matemático del cero muchos siglos antes que los europeos. El calendario maya es más exacto que el calendario europeo de aquellos tiempos porque corresponde mejor al año solar.

La religión fue muy importante en la cultura maya. Se creía que los dioses poderosos tenían ... sobre la agricultura y los fenómenos naturales. Los mayas ... seres humanos para ofrecer su ... a los dioses.

B. Complete en español las frases siguientes, sustituyendo el equivalente de las palabras en inglés que aparecen en la lista siguiente. El número de cada palabra corresponde a su equivalente espacio en blanco.

1. set on	3. faces	5. to deceive
2. fear	4. confident of himself	6. one by one

a. Al llegar a tierra, el conquistador se quedó dormido en la playa, con su pensamiento (1) . . . España y (2) . . . en su corazón.
b. Los indígenas con (3) . . . impasibles se disponían a sacrificarlo a los dioses.
c. El conquistador vio al despertar que los indígenas querían sacrificarlo y (4) . . . , intentó salvarse la vida.
d. El conquistador pensó valerse de la ciencia europea para (5) . . . a los indígenas.
e. Su sorpresa fue el oír a los indígenas recitar (6) . . . las fechas de los eclipses solares.

El eclipse
Augusto Monterroso

Augusto Monterroso was born in Guatemala, but has lived and worked in Mexico for many years. His stories are usually very short, often satirical or ironic, and always surprising. El eclipse *is from his book* Obras completas y otros cuentos.

When the Spanish conquerors arrived in the New World, they encountered three great Indian civilizations: the Aztecs, the Incas, and the Mayas. Each had well-organized political and social structures, complex religions with a number of gods, and great skills as artists and artisans. Both the Incas and the Mayas had developed a numerical system, while the Mayas' knowledge of astronomy and mathematics was in some ways superior to the European knowledge of that time. El eclipse *imagines an encounter between European culture and the indigenous civilization of the Americas.*

Cuando fray° Bartolomé Arrazola se sintió perdido, aceptó que ya nada podría salvarlo. La selva poderosa de Guatemala lo había apresado,° implacable y definitiva.
5 Ante su ignorancia topográfica se sentó con tranquilidad a esperar la muerte. Quiso morir allí sin ninguna esperanza, aislado, con el pensamiento fijo en la España distante, particularmente en el convento de Los Abrojos,
10 donde Carlos Quinto condescendiera una vez a bajar de su eminencia para decirle que confiaba en el celo° religioso de su labor redentora.°

Al despertar se encontró rodeado por un
15 grupo de indígenas de rostro impasible que se disponían a° sacrificarlo ante un altar, un altar que a Bartolomé le pareció como el

Brother, Friar

imprisoned

in zeal
redemptive

were getting ready

lecho° en que descansaría, al fin, de sus   *bed*
temores, de su destino, de sí mismo.

20   Tres años en el país le habían conferido un
mediano° dominio de las lenguas nativas.   *mediocre*
Intentó algo. Dijo algunas palabras que
fueron comprendidas.

     Entonces floreció en él una idea que
25 tuvo por digna de su talento y de su cultura
universal y de su arduo conocimiento de Aristóteles. Recordó que para ese día se esperaba
un eclipse total de sol. Y dispuso,° en lo más   *prepared*
íntimo, valerse de aquel conocimiento para
30 engañar a sus opresores y salvar la vida.

     —Si me matáis— les dijo —puedo hacer
que el sol se oscurezca en su altura.°   *darkens in the sky*

     Los indígenas lo miraron fijamente y
Bartolomé sorprendió° la incredulidad en sus   *caught*
35 ojos. Vio que se produjo un pequeño con-
sejo,° y esperó confiado, no sin cierto desdén.   *council*

     Dos horas después el corazón de fray Bar-
tolomé Arrazola chorreaba° su sangre vehe-   *gushed*
mente sobre la piedra de los sacrificios (bri-
40 llante bajo la opaca luz de un sol eclipsado),
mientras uno de los indígenas recitaba sin
ninguna inflexión de voz, sin prisa, una por
una, las infinitas fechas en que se producirían
eclipses solares y lunares, que los astrónomos
45 de la comunidad maya habían previsto° y   *foreseen*
anotado en sus códices sin la valiosa ayuda de
Aristóteles.

Actividades de postlectura

A. En cada uno de los siguientes grupos hay dos respuestas correctas. Indique cuáles son.

    1. Fray Bartolomé era . . .
       a) español
       b) misionero
       c) guatemalteco
    2. Fray Bartolomé estaba perdido en . . .
       a) la selva
       b) el convento
       c) Centroamérica
    3. Al sentirse perdido, fray Bartolomé . . .
       a) perdió la esperanza
       b) se sintió aislado
       c) decidió usar su conocimiento topográfico

4. Fray Bartolomé se encontró rodeado por un grupo de indígenas que . . .
   a) pensaban sacrificarlo
   b) hablaban español
   c) lo miraron sin expresión
5. Fray Bartolomé intentó salvarse a través de . . .
   a) su conocimiento de las costumbres indígenas
   b) su conocimiento de la lengua nativa
   c) lo que creía era su cultura superior
6. Fray Bartolomé les dijo a los indígenas que . . .
   a) su dios podía hacer que el sol se oscureciera si lo mataban
   b) él podía hacer que el sol se oscureciera si lo mataban
   c) esperaba un eclipse
7. Los indígenas le escucharon y después . . .
   a) tuvieron un consejo
   b) estaban sorprendidos
   c) lo sacrificaron
8. La sangre de fray Bartolomé chorreaba sobre la piedra porque . . .
   a) los indígenas también habían estudiado a Aristóteles
   b) los indígenas tenían conocimiento de la astronomía
   c) los indígenas también esperaban el eclipse

B. Recuente la historia con sus propias palabras. Complete el sentido de las frases y continúe el cuento. Trate de escoger los elementos más importantes.

1. Al sentirse perdido, fray Bartolomé . . .
2. Cuando despertó . . .
3. Trató de comunicarse con los indígenas y . . .
4. Luego, recordó a Aristóteles y les dijo a los indígenas . . .
5. Los indígenas entendieron que fray Bartolomé . . .
6. El corazón de fray Bartolomé estaba chorreando sobre una piedra y . . .

C. Explique el efecto que tuvieron los hechos siguientes en el cuento.

Hecho	Efecto
1. Fray Bartolomé estaba perdido en la selva.	1. *Se sentó a esperar la muerte.*
2. Al despertar se encontró rodeado por un grupo de indígenas de rostro impasible.	2.
3. Fray Bartolomé recordó que para ese día se esperaba un eclipse total de sol.	3.

4. Los indígenas lo miraron
fijamente.

4.

5. Vio que sus palabras produ-
jeron un pequeño consejo, y
esperó confiado, no sin
cierto desdén.

5.

D. ¿Qué dijeron los indígenas en su consejo? Ahora el destino de fray Bartolomé está en sus manos. Formen dos consejos—uno que esté a favor de sacrificarlo y otro que esté en contra de sacrificarlo—y preparen sus razones en cinco o diez minutos. Después presenten sus conclusiones a la clase y traten de convencer al otro grupo.

E. Temas para conversar o para escribir

1. ¿Qué hubiera hecho Ud. en el caso de fray Bartolomé en las siguientes ocasiones?
   a) Cuando se vio perdido en la selva
   b) Cuando se dio cuenta de que los indígenas podían comprenderlo
   c) Cuando recordó que aquel día había un eclipse total de sol
2. ¿Qué desconocía fray Bartolomé sobre los indígenas?

---

4. Apocalipsis
Marco Denevi

Vocabulario

Antes de realizar los ejercicios de prelectura, estudie las siguientes palabras.

Palabras parecidas

Sustantivos		Verbos	Adjetivos
la agonía	la orden	ajustar	caprichoso / a
el aparato	la rebeldía	declarar	complicado / a
la catástrofe	el sitio	escaparse	franco / a
el espacio	el triunfo	extinguir	indócil
la eternidad	la trompeta	funcionar	metálico / a
el exterminio		instalarse	progresivo / a
el funcionamiento		languidecer – languish	
la humanidad		modificar	
el mecanismo		ocupar	
el monstruo		provocar	
el objeto		sumar	

Palabras engañosas

costoso / a costly, expensive
restar to subtract, take away

Palabras nuevas

la cerradura lock
La puerta del banco tiene siete cerraduras.

el / la cirujano / a surgeon
El doctor Delgado no hace operaciones porque no es cirujano; es pediatra.

la fuerza strength
Nadie tiene la fuerza que se necesita para levantar esa maleta.

el riesgo risk
Yo sé que es una carrera peligrosa, pero me gusta el riesgo y quiero ser corredora de motos.

el rincón corner
En los cuatro rincones de mi habitación tengo montones de libros.

el suelo floor
Como tenemos solamente dos camas, tus amigos tendrán que dormir en el suelo.

las tijeras scissors
Necesito otras tijeras para cortar el papel.

brillar to shine, gleam
Fue un día hermoso. El sol brillaba, los pájaros cantaban . . .

cortar to cut
Este cuchillo no sirve para cortar la carne.

sostener to hold
El café está tan caliente que no puedo sostener la taza en la mano.

cotidiano / a daily
Mamá pasó el día en cama sin hacer sus tareas cotidianas.

disponible available
Buenos días, señora. ¿Tendría Ud. un cuarto disponible en esta pensión?

duro / a hard
Este pan está más duro que una piedra.

mudo / a mute, speechless
Julián se quedó mudo cuando vio su regalo de cumpleaños.

sordo / a deaf
Al Sr. Jiménez hay que hablarle en voz muy alta porque está sordo.

Expresiones

hacer caso omiso to ignore, pay no attention to
poner en marcha to start up

Actividades de prelectura

Para la realización de los ejercicios siguientes, es necesario conocer el vocabulario y las expresiones presentadas en la sección anterior.

A. Complete la segunda frase en cada par con el sustantivo correspondiente a los adjetivos que aparecen en cursiva.

1. Augusto es un hombre muy *fuerte*. Tiene mucha . f.uerza
2. ¡El incendio fue *catastrófico!* Fue una . . . catástrofe para la gente que vivía en esa casa.
3. Mi amor por ti es *eterno*. Te amaré toda la . eternidad
4. Un misántropo es un ser *humano* que no quiere a los otros miembros de la . humanidad
5. Mis aparatos *mecánicos* nunca funcionan porque no entiendo el funcionamiento de su . mecanismo
6. ¡Es una película *monstruosa!* Los protagonistas son Frankenstein, Drácula y otros . monstruos
7. Este plato debe ser de . . . porque tiene un aspecto *metálico*.
8. ¡Rita es una chica muy *caprichosa!* Y este . . . que tiene ahora es insoportable.

B. Complete las frases siguientes con la forma del verbo correspondiente a los sustantivos que aparecen en cursiva.

1. El gobernador va a leer la *Declaración* de Independencia porque es la fecha en que nosotros . . . nuestra independencia de Inglaterra.
2. Leí un artículo en el diario sobre el *escape* de la prisión. Los prisioneros no podrían haberse . . . si no hubieran tenido la ayuda de sus cómplices.
3. Para mí el *funcionamiento* del automóvil es un gran misterio porque no entiendo cómo . . . .
4. El diseño del avión todavía requiere ciertas *modificaciones*. Los ingenieros lo van a . . . .
5. Enrique no pudo resistir la *provocación*. Y era obvio que el otro hombre trataba de . . . lo
6. El general da la *orden* y los soldados hacen lo que él . . . .

C. El abogado, el juez y la persona demandante están discutiendo un caso. Complete el sentido del diálogo. Use la palabra correspondiente de las tres que se ofrecen en cada párrafo.

Párrafo 1: la complicación, complicar, complicado / a

Abogado: Es un asunto muy . . . .
Persona: ¿Por qué le gusta a Ud . . . todo?
Juez: ¿Cuál es la . . . , Sr. abogado?

Párrafo 2: la rebeldía, rebelarse, rebelde

Abogado: . . . del acusado impide que encontremos la verdad.

Juez:	¿Está diciendo Ud. que se trata de un tipo de carácter . . . ?
Persona:	Es verdad. Ese tipo . . . contra todas las restricciones.

Párrafo 3: el progreso, progresar, progresivo / a

Abogado:	Total, no hemos podido . . . mucho en este caso.
Juez:	. . . de la justicia siempre es lento.
Persona:	Siento una ansiedad . . . por la solución de este caso.

Párrafo 4: el costo, costar, costoso / a

Abogado:	No sé si . . . de ir a la corte valdrá la pena.
Persona:	¡Ay, Dios mío! ¿Cuánto me va a . . . el juicio?
Juez:	La justicia es . . . en este país, ¿no está de acuerdo?

Párrafo 5: el riesgo, arriesgar, arriesgado / a

Abogado:	Sí, . . . que toma uno al ir a la corte es tremendo.
Persona:	Ud. no me aconsejó nada. ¿Qué es lo que . . . al demandar a ese tipo?
Juez:	Mucho dinero, porque este asunto, indudablemente, es muy . . . .

D. Escoja las palabras apropiadas de la lista a la derecha para completar las frases. Empareje las palabras con las frases, haciendo las transformaciones necesarias.

1. Se usa *cerradura* . . . para cerrar bien.
2. Se usan *tijeras* . . . para cortar.
3. Generalmente un cuarto tiene cuatro *rincones* . . .
4. Un médico que hace operaciones es . . *un cirujano* . .
5. Una calculadora puede *restar* . y . *sumar*
6. Héctor es un muchacho que tiene los pies firmemente plantados en . *el suelo* . .
7. No puedo *sostener* . . . el hielo en las manos por mucho tiempo.
8. No sé cómo usar esta máquina ni cómo . *pone en marcha* .
9. Tal vez el hombre *hace caso omiso* . . . a sus gritos porque es *sordo* . . . y no los oye.
10. Cuando no llueve, el sol . *brilla* . .
11. Dar de comer al perro es mi tarea *cotidiano* . . .
12. ¿Hay un apartamento *disponible* . . en ese edificio?
13. El viejo no puede comer cosas *duras* . . porque no tiene dientes.

hacer caso
omiso *ignore*
poner en
marcha *startup*
la cerradura *lock*
duro *strong*
restar *subtract, take away*
las tijeras *scissors*
mudo *mute*
el rincón *corner*
disponible *available*
el cirujano *surgeon*
brillar *to shine*
sumar *to add*
sostener *to sustain*
cotidiano *daily*
el suelo *floor*
sordo *deaf*

Apocalipsis
Marco Denevi

In 1960 the Argentine writer Marco Denevi won the "Life en español" prize given by Life *magazine. His award-winning novel,* Ceremonia secreta, *was later made into a film in England. Another of his novels,*

Rosaura a las diez, *has been translated into English as* Rosa at Ten
O'Clock. *Denevi has used the title* Apocalipsis *for several of his short
stories, but he says that the one you are about to read is "la que más
me gusta".*

The poet T. S. Eliot has written that "the world will end not with
a bang, but a whimper". How will the world end according to Marco
Denevi?

El fin de la humanidad no será esa fantas-
magoría ideada° por San Juan en Patmos.[1]   *thought up*
Ni ángeles con trompetas, ni monstruos, ni
batallas en el cielo y en la tierra. El fin de la
5 humanidad será lento, gradual, sin ruido, sin
patetismo:° una agonía progresiva. Los hom-   *pathos*
bres se extinguirán uno a uno. Los ani-
quilarán° las cosas, la rebelión de las cosas, la   *will annihilate*
resistencia, la desobediencia de las cosas. Las
10 cosas, después de desalojar° a los animales y   *dislodging*
a las plantas e instalarse en todos los sitios y
ocupar todo el espacio disponible, comen-
zarán a mostrarse arrogantes, despóticas,
volubles, de humor caprichoso. Su funciona-
15 miento no se ajustará a las instrucciones de
los manuales. Modificarán por sí solas sus
mecanismos. Luego funcionarán cuando se
les antoje.° Por último se insubordinarán, se   *they feel like it*
declararán en franca rebeldía, se desman-
20 darán,° harán caso omiso de las órdenes del   *get out of hand*
hombre. El hombre querrá que una máquina
sume, y la máquina restará. El hombre inten-
tará poner en marcha un motor, y el motor se
negará.° Operaciones simples y cotidianas   *will refuse*
25 como encender la televisión o conducir un
automóvil se convertirán en maniobras° com-   *maneuvers*
plicadísimas, costosas, plagadas de sorpresas
y de riesgos. Y no sólo las máquinas y los
motores se amotinarán°: también los simples   *will mutiny*
30 objetos. El hombre no podrá sostener ningún
objeto entre las manos porque se le escapará,
se le caerá al suelo, se esconderá en un rincón
donde nunca lo encuentre. Las cerraduras se   *will jam / drawers /*
trabarán.° Los cajones° se aferrarán° a los   *hold on*
35 montantes° y nadie logrará abrirlos. Modes-   *frames*
tas tijeras° mantendrán el pico° tenazmente   *scissors / mouth (beak)*

---

1. *Patmos* es una de las Islas Espóradas, donde San Juan
escribió su libro titulado *Apocalipsis*.

apretado.° Y los cuchillos y tenedores, en   *shut*
lugar de cortar la comida, cortarán los dedos
que los manejen. No hablemos de los relojes:
40 señalarán cualquier hora. No hablemos de los
grandes aparatos electrónicos: provocarán
catástrofes. Pero hasta el bisturí° se desli-   *scalpel*
zará,° sin que los cirujanos puedan impedirlo,   *will slip away*
hacia cualquier parte, y el enfermo morirá con
45 sus órganos desgarrados.° La humanidad lan-   *torn apart*
guidecerá entre las cosas hostiles, indóciles,
subversivas. El constante forcejeo con las
cosas irá minando° sus fuerzas. Y el extermi-   *will drain*
nio de la raza de los hombres sobrevendrá° a   *will happen*
50 consecuencia del triunfo de las cosas. Cuando
el último hombre desaparezca, las cosas frías,
bruñidas,° relucientes,° duras, metálicas,   *polished / shining*
sordas, mudas, insensibles,° seguirán bril-   *insensitive*
lando a la luz del sol, a la luz de la luna, por
55 toda la eternidad.

Actividades de postlectura

A. Conteste a las preguntas siguientes con la información que leyó
en el cuento y sus propias ideas.

1. ¿Qué significa la palabra "apocalipsis"?
2. Según el autor, ¿cómo no será el apocalipsis?
3. ¿Qué causará el apocalipsis, según el autor?
4. Para ilustrar su hipótesis, Marco Denevi describe situaciones
   que serán parte de esa revolución como:
   a. Al cirujano se le caerá el bisturí.
   b. Las tijeras no cortarán.
   Nombre Ud. otros ejemplos que aparecen en el texto.
5. Amplíe las ideas del autor en el punto 4 con sus propias ideas.
   Por ejemplo: las computadoras dictarán a las personas cómo,
   cuándo y qué deben hacer durante cada día.
6. Según el autor, ¿quién triunfará en ese conflicto?
7. ¿Cuál es la ironía de la última frase del cuento?

B. Forme con otras personas de la clase grupos de tres o cuatro estudiantes y preparen una presentación oral siguiendo las instrucciones siguientes. El tema es: Cómo hacer una película basándose en el cuento *Apocalipsis* de Marco Denevi. Tomen apuntes sobre las ideas de cada persona el el grupo.

a. ¿Qué tipo de película será? ¿Un drama, una comedia, una película romántica o de ciencia ficción?
b. ¿Qué efectos especiales tendrá?
c. ¿Qué tipo de actores tendrá?
d. ¿Dónde se filmará la película?
e. ¿Cómo estarán vestidos los actores?
f. ¿Qué final piensan darle?

C. Temas para conversar o para escribir

1. Confirme o rechace la frase siguiente: "La ciencia ficción de hoy puede ser la realidad del futuro".
2. En su opinión, ¿es posible que las máquinas dominen el mundo en el futuro?
3. ¿Cuáles son las aplicaciones de la computadora actualmente? ¿Cuáles serán dentro de diez años? ¿dentro de veinte años?
4. Exprese su opinión sobre el futuro de la tecnología. ¿Cree que facilitará la vida o creará mayores problemas para la sociedad?

Mi taller, 1971 por Camilo Otero. (1932) Santiago
de Compostela, España. Por cortesía del autor y de
Galería Novart, Madrid.

En busca de la identidad, *1969, por Rubén Gonza-
lez (1923–), Nuevo México (U.S.A.). (Por cortesía
del autor)*

El detenido, *1968, por Juan Genovés (1930–),
España. Hirshhorn Museum and Sculpture Gallery,
Smithsonian Institution.*

Capítulo III

Cuestiones de conciencia

Many stories deal with a conflict of one kind or another: physical conflict, emotional conflict or conflicting attitudes and ideas. The stories in *Cuestiones de conciencia* deal with what is perhaps the most profound conflict a person can feel: that of behavior and conscience.

---

5. El fósforo quemado
José Luis Vivas

Vocabulario

Antes de realizar los ejercicios de prelectura, estudie las siguientes palabras.

Palabras parecidas

Sustantivos	Verbos	Adjetivos	Adverbios
el caso	aquietar(se) *to calm down*	distinguido / a	espasmódicamente *spasmodic*
el cráneo *head*	calmar	explosivo / a	furiosamente
la desesperación *desperation*	consumir(se)	histérico / a	
el esqueleto	extinguir(se)	tenso / a	
la flama	robar		
la fibra			
la ira *anger*			
el orden *order*			
el prisionero			
el reposo *rest*			

Palabras engañosas

anterior previous, prior
el fiscal district attorney
el guardia police
superior upper
último latter

Palabras nuevas

el asesinato murder
Todos los días el periódico cuenta de robos, incendios y asesinatos.

la caja box
Es peligroso abrir la caja de las serpientes.

la cartera wallet, billfold
El hombre sacó un billete de cien dólares de su cartera.

el esfuerzo effort
A pesar de sus esfuerzos, nunca aprendió a esquiar.

la faz face
El hombre que entró a la clínica tenía la faz pálida y las manos sudorosas.

el fósforo match
El niño jugaba con una caja de fósforos y se quemó.

la fuerza strength
Después de estar enfermo por tanto tiempo, no le quedaba mucha fuerza.

el hecho deed
Leí un libro sobre los grandes hechos de los héroes.

la llama flame
Las llamas del incendio iluminaron el cielo.

la madera wood
¿Prefieres una casa de madera o de ladrillo?

el palillo matchstick; toothpick
A Francisco le gusta jugar con los palillos.

acercarse to approach, come near
El niño se acercó al perro y lo tocó.

alejarse to move away
Cuando el perro empezó a ladrar, el niño se alejó.

apagar to put out
Los bomberos apagaron el incendio.

arder to burn
La madera seca arde bien.

culpar to blame
Culparon a los padres por el comportamiento de su hijo.

dejar de to stop, quit
¿Cuándo vas a dejar de fumar?

detenerse to stop
Voy a detenerme aquí para descansar por un momento.

encender to light
El hombre encendió un fósforo y lo miró arder.

frotar to strike (a match)
No vale la pena frotar estos fósforos porque están mojados.

perseguir to pursue, chase
La policía persiguió al ladrón.

quemarse to burn oneself
¿Te quemaste cuando te acercaste al fuego?

soplar to blow (out)
El niño sopló todas las velas en la torta de cumpleaños.

ensangrentado / a bloody
Después del accidente de coche, tenía la nariz ensangrentada.

libre free
El prisionero salió de la cárcel; por fin era un hombre libre.

manchado / a stained
El niño que comía el helado de chocolate tenía la camisa manchada de chocolate.

pegado / a stuck
Perdí 100 pesos porque un billete estaba pegado a otro.

presunto / a presumed, supposed
Los agentes del FBI siguieron al presunto espía.

Actividades de prelectura

Para la realización de los ejercicios siguientes, es necesario conocer el vocabulario y las expresiones presentadas en la sección anterior.

A. Complete las frases con un sinónimo de las palabras en cursiva.

1. Cuando los padres *se calmaron*, los niños . . . también.
2. Es necesario *extinguir* los cigarrillos antes de abordar el avión. Uds. tienen que . . . los cigarrillos.
3. José me lo dijo con *furia*, así que yo respondí con . . . .
4. —Creo que necesitas un *descanso*. —Sí, el . . . me hará bien.
5. Lo miraba con *cara* incrédula. Se veía la sorpresa en su . . . .
6. —¿Puedes ver la *llama* en la estufa? —No, no veo ninguna . . . .
7. Me *ardió* la boca porque me la . . . con el café caliente.
8. ¿Dónde está el *policía*? Hay un . . . allá en la esquina.
9. Es una mujer *independiente* y . . . .

B. Complete las frases con un antónimo de las palabras en cursiva.

1. —¿Vas a *encender* la luz? —Yo acabo de . . . la.
2. Ella había perdido toda la *esperanza*. Sentía solamente la . . . .
3. El policía tenía ganas de *alejarse*, pero era necesario . . . .
4. Tú y yo tenemos que *seguir* con el trabajo. No podemos . . . ahora.

5. —¿Te duele la parte *inferior* del brazo? —No, el dolor está en la parte . . . .
6. —¿Van a leer en clase el *siguiente* capítulo? —No, todavía no hemos leído el capítulo . . . .
7. —¿Cuándo vas a *comenzar* la dieta? —Cuando . . . estudiar tanto.

C. Dé los infinitivos que correspondan a los adjetivos en cursiva.

1. —¿Está *extinguido* el fuego? —Sí, acabamos de . . . lo.
2. ¡Mira! ¡Tienes la camisa *manchada*! ¿No puedes comer sin . . . la ropa?
3. —¿Cree Ud. que ese muchacho sea *culpable*? —No sé, pero todo el mundo lo va a . . . .
4. —¿Está *encendido* el radio? —Todavía no. Lo voy a . . . ahora.
5. —¡Esta carne está *quemada*! —Lo siento mucho, señor. La próxima vez trataré de no . . . la.
6. —¿Está *apagado* el televisor? —Sí, acabo de . . . lo.
7. Se quedó *detenido*. Un policía se acercó a . . . lo.
8. Miraron con horror el cuerpo del hombre *asesinado*. ¿Quién se atrevería a . . . lo?
9. La estampilla *pegada* al sobre no salió. A veces es difícil . . . las para que no salgan.

D. Complete la siguiente historieta con las formas correctas de las palabras de la lista. Invente un título para la historia.

cartera   palillo   soplar   caja
esfuerzo   hecho   madera   frotar

Un pequeño fósforo de . . . vivía en una . . . . Un día un hombre la compró y la metió en un bolsillo donde descansaba al lado de una . . . que contenía mucho dinero. Una mañana el hombre que había comprado la caja de fósforos la sacó del bolsillo, extrajo el pequeño fósforo y lo . . para encenderlo. El fósforo hizo un . . . para no encenderse, pero fue imposible evitar el fuego que creció en su corazón. Después de encender un cigarrillo, el hombre . . . el fósforo y de toda esta historia ya sólo queda el . . . .

El fósforo quemado
José Luis Vivas

José Luis Vivas lives in Puerto Rico, where he has taught school for a number of years while writing plays, short stories, and a novel. In El fósforo quemado, *a man who has killed his friend in a moment of anger reads in the morning newspaper that a drunken, homeless bum has just been arrested and accused of the murder. Does this mean that the protagonist is a free man? Will he escape being brought to justice for his crime?*

    Cerró los ojos. La claridad del sol reflejándose en las paredes le lastimaba. La semioscuridad que se cernió° sobre ellos al bajar los párpados,° le calmó los nervios,
5 segundos antes tensos como cuerdas° de un violín afinado. Desaparecida la visión, aun los ruidos de la calle cercana parecieron acallarse, como si hubiera tendido un velo entre ellos y él. Un músculo en el brazo derecho
10 comenzó a temblar espasmódicamente. Las ideas se agolpaban en su cerebro como el ganado° que se asusta dentro del corral y muge° y embiste° contra las cercas.° Quiso poner orden en ellas, pero era imposible.
15 Ensayó° contar y tras varios instantes de esfuerzo, las ideas comenzaron a aquietarse o a desaparecer. Por primera vez en muchas horas se sintió invadido de un relajamiento casi total. Recordó. ¿Cómo había comenzado
20 la pesadilla° de la noche anterior? Volvió a ver la cara ensangrentada de Alejandro. Era tan real la visión que semejaba llegar al vaho° de la sangre coagulada sobre la faz.
    —Yo no quise hacerlo. Fue un momento
25 en que la ira me cegó.° Alejandro había sido mi amigo. ¿Por qué lo maté? —sonrió nerviosamente, y se pasó la mano por la faz sudorosa.°
    —Yo he matado un hombre—.
30 Maquinalmente llevó la mano a uno de los bolsillos de su camisa. Con lentitud extrajo una caja de fósforos. Era una pequeña cajita de madera barata. En la parte superior había letras rojas sobre un papel amarillo. Leyó una
35 y otra vez las palabras: "Matches . . ." fósforos. Sacó uno de los palillos, cubierto en uno de sus extremos por la substancia que produce la llama.
    Como un flechazo° llegó a sus oídos el
40 ruido de las pisadas° de alguien que se acercaba. Todo su cuerpo se contrajo en un estremecimiento de terror, como fiera° que se agazapa° esperando el disparo° final del

hovered	
eyelids	
strings	

cattle
moo / charge / fences

he tried

nightmare

breath

blinded

sweaty

arrow shot
footsteps

wild beast
crouches / shot

cazador.° Trataba desesperadamente de   *hunter*
45 levantarse, de correr por el callejón° y no   *alley*
pudo. Aquella parálisis le mantenía pegado al
suelo con la fuerza de una prensa° hidráulica.   *press*
Una voz extraña y lejana se deslizó suave
hasta su oído:

50   —Periódico—. Luego con fuerza explo-
siva oyó la misma palabra:

     —Periódico—. Observó al que se acer-
caba. Era un muchachón con un fardo° de   *bunch*
periódicos bajo el brazo.

55   —¿Quiere el periódico?

     Como un autómata° sacó una moneda de   *robot*
cinco centavos del bolsillo trasero de su sucio
y rasgado pantalón y la tendió al muchacho
que se alejó tras de darle el periódico.

60   Pasados unos instantes respiró fuertemente. Comenzó a leer. Buscaba la noticia de
una muerte. Del asesinato cometido por él la
noche anterior. Según iba ojeando los titu-
lares sin hallar mención del hecho, se hundía

65 en aquella desesperación negra y sorda que le
persiguiera desde . . .

     "Asesinato en el Parque Muñoz Rivera."
Las letras se borraron ante sus ojos.
Haciendo un esfuerzo leyó: "Anoche fue ase-

70 sinado en el Parque Muñoz Rivera, Alejandro
Fernández. El distinguido deportista, hijo del
hombre de negocios, don Juan Fernández,
acababa de regresar de un viaje por Europa.
El cadáver presentaba golpes° en el cráneo y   *blows*

75 la cara. Fue arrestado un "atómico"° como   *drunken bum*
presunto autor del crimen . . . UN   *(Puerto Rican*
"ATÓMICO" FUE ARRESTADO COMO   *slang)*
PRESUNTO AUTOR DEL CRIMEN. Apre-
sado° esta madrugada,° llevaba consigo la   *caught / early*

80 cartera del interfecto° y su camisa estaba   *morning*
manchada de sangre humana en varias partes   *murder victim*
. . . El fiscal espera poder presentar su caso
completo dentro de poco días y citamos sus
palabras: "No tengo NINGUNA DUDA DE

85 QUE EL ASESINO FUE ESE
"ATÓMICO." Y la justicia se encargará de
hacerle pagar su crimen."

     Leyó varias veces la noticia hasta que su
cerebro aturdido pudo entender claramente.

90 Estaba libre. ¡Libre! Habían culpado a otro.

No más huir° como fiera perseguida. Volver a
San Juan a continuar su vida de antes. La
horrible pesadilla se alejaba de su lado para
95 siempre. Pensó en el "atómico". Con toda
seguridad encontró el cuerpo de Alejandro y
robó su cartera. Por eso perdía la vida. Y él,
que asesinó, estaba libre. ¡Libre! ¡Libre!
Comenzó a reír. En carcajadas° que semeja-
100 ban rugidos, dejó salir a torrentes la emoción
animal que lo embargaba.° Sus carcajadas
sonaron profundas en el estrecho callejón y
los ecos aumentaron la intensidad de su risa
hasta lo ensordecedor.° Pasado el estallido°
105 inicial, su risa histérica fue disminuyendo
hasta que solamente sollozos° hondos y
amargos° salieron de sus labios.

    Sacó otro de los fósforos. Frotó la cabeza
oscura contra el lado de la caja. El fósforo
110 ardió furiosamente hasta que una delgada y
fina llama hizo presa de la débil madera. Poco
a poco el fósforo fue consumiéndose hasta
que solo quedó en sus dedos una retorcida°
fibra.

115   —"Así es la vida"— pensó. —Al final
nada, salvo el esqueleto cubierto por
hilachas° de carne.

    Recordó la cara ensangrentada de Alejan-
dro. La sangre en los ojos. La mueca° horri-
120 ble que desfiguraba sus labios.

    —Estoy libre de culpa— se repitió a sí
mismo. —¿Libre?

    Encendió otro fósforo. Nunca antes había
prestado atención al quemarlos. Observó la
125 llama. En el exterior era una delgada lengua
amarilla y en el centro ardiendo una diminuta
flama azul. Era ésa la destructora. Era esta
última la que devoraba el delgado palillo.
Escuchando atentamente pudo oír el chas-
130 quido de la madera al consumirse. Era un
ruido como el de huesos pequeños que se rom-
pen.

    —Soy libre. ¿Libre? El "atómico" es el
culpable. ¿No lo dice así el fiscal? Él debe
135 saberlo. Eres libre.

    Encendió otro fósforo. Eso era él. Un
palillo encendido que amenazaba° con
quemarse. Sopló débilmente contra la flama.

*no more (need) to
flee*

bursts of laughter

overcame

deafening / outburst

sobs
bitter

twisted

shreds

grimace

threatened

140 Ésta parpadeó° pero siguió inexorable. Sopló   *flickered*
con más fuerza. La llama amarilla revoloteó°   *fluttered*
y se extinguió, pero la azul se mantuvo
pegada a la madera, y al dejar él de soplar,
volvió a surgir dando paso a su vez a la pri-
145 mera.
    —Así es mi culpa. ¿Acaso no lo crees?
    Tomó el próximo fósforo con lentitud.
Frotó suavemente la cabeza. Una débil estela
flamígera° recorrió el lado de la caja. A la ter-   *flaming*
150 cera tentativa se incendió el palillo. Observó
la llama temblorosa. Tras ella, la madera
incandescente se tornaba roja, luego lentamente oscura y de súbito negra, carbonizada.
La flama adoptaba formas distintas, estili-
155 zándose, achatándose° sobre la madera como   *flattening*
si quisiera extraer toda vida posible del
delgado palillo.
    Más de la mitad de los fósforos estaban
sobre el suelo, quemados. Encendió otro.
160 Cuando la llama llegó a la mitad del palillo,
apretó° fuertemente la flama con los dedos.   *he squeezed*
Sintió el dolor punzante de la quemadura.
Sólo duró una fracción de segundo. Nada
más. Ya no sintió dolor y la llama quedaba
165 extinguida. Aún la azul se apagó al final.
    Y entonces la idea que se había man-
tenido escondida apareció brillante y clara en
su mente.
    —Hay que apagar la llama azul. No la
170 amarilla.
    Sonrió amargo. Fue a sacar otro fósforo y
halló la caja vacía. Miró al suelo y vio muchos
palillos quemados. De súbito se dio cuenta
que la cara de Alejandro no estaba. Ya no vio
175 la ensangrentada masa ante sus ojos. Y lloró.
Lloró larga, queda,° dulcemente.   *quietly*

• • •

    El barrendero° se detuvo y miró hacia el   *street cleaner*
final del estrecho pasaje. Sentía cansancio y
malhumor por el trabajo incesante de recoger
180 papel y desperdicios.° Se adentró por el ca-   *trash*
llejón. Dos guardias avanzaban hacia él.
Llevaban un hombre esposado° entre ambos.   *handcuffed*

El barrendero miró al hombre con indiferencia. Casi al llegar junto a él, el prisionero
185 se detuvo y miró hacia el piso. Por varios instantes observó algo allí y luego ante la señal de uno de los guardias para que prosiguiese, levantó la cabeza, suspiró y continuó caminando entre los dos agentes.

190 El barrendero se acercó al lugar donde se detuviera el hombre. En el piso vio un montoncillo de fósforos quemados. Se rascó° la   *he scratched* cabeza, luego se encogió de hombros y tomando la escobilla° despreocupadamente,   *broom*
195 barrió° los retorcidos y negruzcos silentes.   *swept*

Actividades de postlectura

A. Complete las siguientes frases y recuente la historia.

1. El hombre que se encontraba en el callejón recordó que . . . .
2. Lo había hecho porque . . . .
3. El muerto era . . . .
4. El hombre sacó del bolsillo . . . .
5. Un muchacho le vendió . . . .
6. El hombre leyó que . . . .
7. Después de leer esto, se sintió libre porque . . . .
8. Él encendió un fósforo y . . . .
9. Observó como la flama azul . . . .
10. Se preguntó —¿ . . . ?
11. Vio una relación entre la llama azul y . . . .
12. Tuvo la idea de . . .
13. Cuando el barrendero entró al callejón vio . . . .
14. El barrendero limpió . . . .

B. Organicen un juicio en su clase y estudien el caso presentado en la lectura. Necesitarán elegir a los siguientes personajes:

el acusado	el / la juez
el / la abogado / a	el jurado
el / la fiscal	los testigos

Procuren dar un papel a cada persona en la clase. Estudien el caso y decidan un veredicto final para el acusado.

C. Temas para conversar o para escribir

1. Vamos a suponer que nunca se descubre al autor verdadero del crimen y que nadie cree al atómico cuando proclama su

inocencia. En caso de que la pena de muerte estuviera aprobada en el sitio donde ocurrió el asesinato, ¿qué pasaría?

2. ¿Es culpable el atómico también?
3. El hombre mira el fósforo y dice: "Así es la vida." ¿Cuál es la relación entre la vida y un fósforo desde la perspectiva del hombre de la historia?

---

6. Se arremangó las mangas
Rosaura Sánchez

Vocabulario

Antes de realizar los ejercicios de prelectura, estudie las siguientes palabras y expresiones.

Palabras parecidas

Sustantivos	Verbos	Adjetivos
la alienación	arrestar	mínimo / a
la capacidad	establecer	minoritario / a
el caso	evaluar	típico / a
el / la colega	garantizar	
el comité	refugiar	
el criterio		
el / la líder		
el miembro		
la minoría		
la protesta		
el tráfico		

Palabras engañosas

armar (jaleo) to cause (trouble)
el campo field of study
el cargo job
el compromiso engagement; obligation
dictar una conferencia to give a lecture
la época period of time
la investigación research
la manifestación demonstration
permanecer to stay, remain
retirarse to withdraw, leave
la reunión meeting, get-together
último / a last

Palabras nuevas

la apariencia appearance
Por su apariencia pensé que era un hombre rico, pero . . . ¡las apariencias engañan!

el apoyo support
El muchacho acabó pronto sus estudios gracias al apoyo que siempre le dieron sus padres.

la autopista highway
No me gusta conducir por la autopista porque los coches van a grandes velocidades.

el cargo vitalicio lifetime appointment, tenure
Desde que Juan consiguió un cargo vitalicio en el gobierno no trabaja tanto como antes.

la manga sleeve
Las camisas de mangas largas son muy calurosas en verano.

el nivel level
Me he comprado un libro de inglés de nivel intermedio para mejorar mi conocimiento de esta lengua.

el saco (la chaqueta) jacket
Para su primer día en su nuevo empleo, Miguel llevó una camisa blanca, corbata y saco.

la votación vote, voting
La votación favoreció al nuevo candidato a la presidencia.

alcanzar to reach, achieve
El ciclista alcanzó una velocidad de 120 kilómetros por hora.

apoyar to support
Todos tienen que apoyar la causa chicana en la próxima votación para la alcaldía.

aprobar to pass (a course)
Para recibir mi título debo aprobar tres cursos todavía.

arremangarse (las mangas) to roll up (one's sleeves)
Como hacía mucho calor, los hombres se arremangaron las mangas.

arriesgar to risk
El soldado arriesgó su vida para salvar a su compañero.

avergonzarse de to be embarrassed for (of, about)
No me avergüenzo de no saber jugar al tenis.

despreciar to look down on, scorn
Juan desprecia a todo el mundo; tiene un gran complejo de superioridad.

dirigirse a to address, speak to
El candidato se dirigió al público.

disimular to pretend; to cover up

Marta no quería hablar con su ex-novio, entonces disimuló e hizo como si no lo hubiera visto.

juzgar to judge

No se debe juzgar a nadie por las apariencias.

lograr to achieve, attain

Para lograr un buen puesto en el gobierno se necesita que alguien te recomiende.

merecer to deserve

Los estudiantes merecen unas vacaciones después de nueve meses de trabajo.

sobrevivir to survive

Para sobrevivir en el desierto hay que estar acostumbrado a las temperaturas extremas.

sobresaliente outstanding

Juanita es una estudiante sobresaliente porque se dedica a sus estudios.

Expresiones

a favor de in favor of
abrirse camino to succeed
darle toda la razón to agree fully with someone
en contra de against
estar dispuesto a to be ready to, be prepared to
estar por encima to be above
poca cosa nothing much
por lo tanto therefore
quedar bien con to be on good terms with

Actividades de prelectura

Para la realización de los ejercicios siguientes, es necesario conocer el vocabulario y las expresiones presentadas en la sección anterior.

A. Complete las frases siguientes con una de las expresiones que aparecen en el vocabulario.

1. El jurado votó seis . . . la pena de muerte y ocho en contra.
2. Julián no gana mucho dinero, pero pagó la cena para . . . con su jefe.
3. Para conseguir un puesto en el equipo de baloncesto, María . . . practicar todos los días.

4. El doctor te dijo que fumar es malo para la salud y yo le . . . .

5. Creo que es necesario . . . de los detalles triviales para concentrarnos en los asuntos importantes.

topics

B. Complete las frases siguientes con sinónimos de las palabras en cursiva.

1. —¿Has *logrado* tus objetivos?
   —Sí, afortunadamente los he . . . .

2. —¿Cuál es la mejor *carretera* para ir a Santa Bárbara?
   —Si vas por la . . . el viaje te lleva solamente una hora.

3. —¿Por qué vas a comprar otra *chaqueta*?
   —El otro . . . ya me queda chico.

4. —¿Es verdad que te *habló* el presidente?
   —Sí, él . . . directamente a mí.

5. —¿Tiene ya su hijo un *puesto* permanente?
   —Sí, tiene un . . . muy bueno.

6. —A Miguel le *evaluaron* su trabajo muy duramente.
   —Todos creen que no le . . . justamente.

7. —¿Cuándo *salió* María?
   —Ella . . hace una hora.

C. Complete cada frase con el verbo que corresponde al sustantivo en cursiva.

1. Nuestro candidato necesita el *apoyo* de todos. Tenemos que . . . lo.

2. No voy a escalar la montaña porque el *riesgo* es muy grande. No me gusta . . . la vida por poca cosa.

3. No es ninguna *vergüenza*. No debes . . . de una cosa tan ridícula.

4. Escuchamos sus palabras de *desprecio*, pero no entendemos su razón para . . . lo.

5. La *votación* resultó favorable para los socialistas. Las estadísticas dicen que . . . casi un 80% de la población.

D. Empareje cada palabra de la lista con su definición.

1. el aspecto exterior de una persona
2. lo que sirve para sostener, ayudar o proteger
3. calificar positivamente
4. ocultar, encubrir o desentenderse del conocimiento de una cosa
5. conseguir o alcanzar lo que se quiere o intenta
6. hacerse digno de premio o de castigo
7. la parte del vestido en que se mete el brazo
8. la altura que una cosa alcanza

aprobar *to pass a class*
merecer *to deserve*
lograr *to achieve*
sobrevivir *to survive*
apoyo *help*
manga *sleeve*
sobresaliente *outstanding*
apariencia *appearance*
disimular *to pretend*
nivel *level*

9. en los exámenes, la nota máxima
10. vivir uno después de la muerte de otro

Se arremangó las mangas
Rosaura Sánchez

Rosaura Sánchez is an Associate Professor in the Department of Literature at the University of California at San Diego. Her work is primarily in sociolinguistics and Spanish linguistics, but she has also written several short stories which have been published in Chicano literary journals.

In Se arremangó las mangas, *Professor Julio Jarrín discovers the value of assimilation and the depth of prejudice in American university life. What leads him to this shocking awareness?*

Se ajustó la corbata. El nudo° se veía   *knot*
derecho. La camisa almidonada° le lucía   *starched*
bien.° Julio Jarrín se acomodó la solapa,° se   *looked well / lapel*
estiró un poco el saco y se dio el último cepi-
5 llazo del bigote.° Salió en seguida. Era tem-   *moustache*
prano. La reunión empezaba a las 4:00 pero
con el tráfico máximo tendría para rato.°   *a long wait*
    Subió al auto y en tres minutos ya
tomaba la rampa de la autopista hacia el
10 norte. Era tanto el tráfico que tuvo que dismi-
nuir la velocidad a 40 m.p.h. Sería un caso difícil y la votación tal vez fuera totalmente
negativa, pero había otra posibilidad. Si no
aprobaban lo de la permanencia—y seguro
15 que no lo aprobarían—pues podrían ofrecerle
un puesto de instrucción en el departamento.
De repente el tráfico se paró por completo.
Aprovechó para sacarse el saco.
    Ahora siempre andaba de traje y corbata.
20 Sin el uniforme de rigor° podrían haberlo   *obligatory*
tomado por indocumentado.° Así se decía   *illegal Mexican worker*
cada mañana al mirarse al espejo. Alto,
prieto° y bigotudo pero trajeado para que   *swarthy*
nadie lo confundiera. Recordaba que cuando
25 recién había llegado a Los Angeles a trabajar
en la universidad lo habían invitado a una
recepción en casa de un colega donde daban la
bienvenida a los profesores nuevos. Allá por
el verano de 1970 tuvo su primer contacto
30 con esas insoportables oleadas de calor° que   *heat waves*
después supo llamaban la condición "Santa
Ana". El cambio de temperatura atontaba° a   *stupefied*

las comunidades costeras no acostumbradas
a un clima tropical. Ese día había ido a la
35 reunión en camisa sport de manga corta,
como los otros colegas.

Le habían presentado a varios profesores
y después de un rato de charla se había dirigido a la mesa de refrescos para prepararse de
40 nuevo un wine cooler. Al retirarse de la mesa
oyó la voz de una señora mayor, esposa de
uno de los profesores, que lo llamaba: —Hey,
boy—, le había dicho, —you can bring me
another margarita.

45 Disimulando, haciéndose el que no había
oído, se había ido a refugiar a la cocina donde
conversaba la mujer latina de un profesor
anglo-sajón. Le dirigió unas palabras en
español pero ella le contestó en inglés.
50 Cuando quedaron solos por un momento,
trató de dirigir la conversación hacia los problemas de los grupos minoritarios en el
ambiente académico, pero no logró intere-
sarla.

55 —Oh no, there's no discrimination in California. I've never experienced any discrimination whatsoever in the 15 years that we've
lived here. My husband and I just love this
area, particularly the beach area. We have a
60 place right on the beach, you know, and it's
so lovely. My sons just love it; they're really
into surfing, you know . . .

No había vuelto a mencionar la situación
a nadie. Su ambición profesional lo llevó a dis-
65 tanciarse de todo lo que pudiera asociarlo a
esas minorías de clase obrera.° Lo primero   *working class*
fue cambiar su apariencia. Nunca más volvió
a salir fuera de su casa sin traje y corbata, ni
aun cuando se había tenido que arrancar° al   *dash off*
70 hospital el día que se cortó la mano al trabajar en el jardín de su casa. Primero se había
bañado, cambiado de ropa y ya de traje había
salido al cuarto de emergencia del hospital
más cercano a recibir atención médica. No era
75 mexicano. Era americano, con los mismos
derechos que tenían los anglo-sajones.

Era la época de las protestas estudian-
tiles, del culturalismo nacional, pero él estaba
muy por encima de todo eso. Cuando los estu-

80 diantes chicanos de su universidad habían
acudido a° él para pedirle apoyo para estable-   *come*
cer un programa de Estudios Chicanos, les
había dicho que haría lo que pudiera desde su
capacidad oficial, como profesor, pero que no
85 esperaran que los apoyara en manifestaciones ni en protestas. Él no era chicano. Más
de una vez, desde el atril° donde dictaba sus   *lectern*
conferencias, se había dirigido a sus estudiantes minoritarios para quejarse de la deja-
90 dez° del pueblo mexicano, recomendándoles   *laziness*
que estudiaran para que dejaran de ser me-
diocres. Se avergonzaba de ellos.

     Su contacto con los profesores y estu-
diantes chicanos, por lo tanto, había sido
95 mínimo. Lo despreciaban. Y él a ellos los con-
sideraba tontos e inferiores por no seguir el
camino que él les señalaba.° Había otras   *indicated*
maneras de lograr cambios. El talento y el
esfuerzo individual, eso era lo que valía. Pero
100 desde esos tiempos habían pasado tantas
cosas, tantas cosas que prefería olvidar.

     No le alegraba para nada la reunión
departamental que le esperaba. Sería un caso
difícil. Se trataba de un profesor negro, el pro-
105 fesor Jones, buen profesor, con pocas publicaciones. Un caso típico. Se había dedicado más
a la enseñanza que a la investigación y eso no
contaba para la administración universitaria,
ni para sus colegas departamentales que lo
110 evaluarían ese día. Claro que tenía el apoyo
de los estudiantes minoritarios, pero eso poco
contaba en estos tiempos. Ni los profesores
minoritarios del departamento lo apoyarían.
Nadie quería arriesgar el pellejo.° Nadie   *skin (risk his neck)*
115 quería tener criterio inferior para juzgar al
colega. Algunos no lo apoyarían porque
querían quedar bien con la administración o
con el jefe del departamento. Tampoco él
podría apoyarlo. Lo había conversado con su
120 mujer esa mañana.

     —Ese profesor negro aún puede colocarse
en otra universidad sin mucha dificultad. Su
trabajo no es sobresaliente, ni mucho menos,
y me temo que le den el hachazo° hoy mismo.   *give him the ax (fire)*
125   —Pero, ¿no dices que tiene un libro publi-
cado?

—Sí, así es, pero nada de calidad.

—Pero, ¿no le dieron el tenure al profesor Smith por poca cosa?

—Mira, bien sabes que para los que
130 tienen palanca,° no hay estorbos,° y el cabrón° Smith había trabajado para el State Department y tenía su apoyo en la administración.

— *"pull" / obstacles*
bastard

—Y, ¿qué de la protesta de ayer? Salió en
135 todos los periódicos que los estudiantes armaron una manifestación muy grande pidiendo la permanencia para el profesor negro.

—Creen que todavía estamos en los 60. Si
140 esa época ya pasó. Ya viste lo que hizo el Presidente. Se mandó llamar a la policía y los arrestaron a todos parejos.°

alike

—Sí, el periódico dice que estaba dispuesto a romper cascos° con tal de sacarlos
145 de su oficina donde se fueron a sentar en plan de protesta.

crack skulls

—Sí, sí, es un tipo peligroso. Le entró un pánico y perdió el control. Pudo hacerse un gran desmadre° allí. Es un líder débil y dis-
150 puesto a cualquier cosa para sentirse en control de la situación.

riot; out-of-control situation

—Y por eso mismo, ¿no crees que habría que apoyar al joven negro? Bien sabes cuánto ha costado traer a los pocos profesores
155 minoritarios que hay.

—Sí, a los tres que hubo en mi departamento, los traje yo, pero sin protestas ni manifestaciones, usando mi propia palanca.

—Sí, sí, Julio, pero ¿cuántos de esos
160 quedan aún? A todos los han botado° y éste es el último, el último de los profesores minoritarios que tú ayudaste a traer. Ninguno ha sobrevivido. Ninguno.

thrown out

Era tan difícil sobrevivir, pero allí estaba
165 él. ¿Acaso no había sobrevivido? Hasta había alcanzado el nivel más alto de profesor en su departamento. Y eso porque había sabido trabajar duro y abrirse camino, no como profesor minoritario sino como profesor capaci-
170 tado, excelente en su campo, con una lista de publicaciones en su expediente.°

file, dossier

Llegó a la salida de la autopista, tomó
rumbo° hacia la universidad y subió un corto   *headed*
trecho más hasta el edificio de ciencias
sociales. Bajó, se volvió a poner el saco, entró
175 al edificio y se dirigió a su oficina. Allí sobre
la mesa estaban los últimos exámenes de sus
alumnos. Había uno en particular, el de Alejandro Ramírez, que era sobresaliente. Un
joven estudiante de clase obrera, pero inteli-
180 gentísimo. Podría haber sido su hijo. Al lado
de las pruebas estaba el periódico universitario, con fotos de la manifestación estudiantil.
Había una del Presidente universitario, con la
cara airada° ante un policía. "Demolish the   *angry*
185 place if you have to. Just get them out." Así
decía el título al pie de la foto. Se puso a mirar
por la ventana. El campo universitario se veía
verde, con sus árboles y sus aceras° muy bien   *sidewalks*
cuidadas. Un verdadero country club. Y él era
190 miembro de este club campestre, miembro
vitalicio.
        Llegó al salón después de unos minutos
para la reunión departamental. El comité de
profesores presentó la evaluación y siguió la
195 discusión. Era buen profesor, atraía a canti-
dades de alumnos, pero porque era fácil, por-
que no exigía° mucho. Tenía un libro publi-   *he didn't demand*
cado, pero era parecido a su tesis doctoral, y
después de todo, el tema—el trabajo laboral
200 de un líder negro durante los años 30—no era
realmente académico, le faltaba legitimidad,
el trabajo en sí era mediocre, y aunque tenía
buenas reseñas° y aunque la casa editorial   *reviews*
había conseguido muy buenas evaluaciones,
205 le faltaba metodología; no era lo que se
esperaba de un profesor universitario en ese
departamento, en esa universidad. La discu-
sión siguió, sin que nadie aportara° nada a   *contributing*
favor del profesor Jones. Por fin habló el otro
210 profesor negro del departamento para darles
toda la razón. Pidió que le concedieran a
Jones, aunque fuera un cargo menor, algo que
le garantizara empleo. Pero tampoco esto les
pareció bien.
215   Fue entonces que Julio abrió la boca. Les
recordó que él había traído al profesor negro.

Les recordó que antes no se habían dado clases de historia minoritaria en ese departamento. Les recordó que la universidad tenía
220 una obligación, un compromiso con las comunidades minoritarias que aumentaban cada año y que algún día serían la población mayoritaria del estado. Les recordó que tenían un record atroz en cuanto al recluta-
225 miento° de estudiantes minoritarios. Les   *recruitment*
recordó que no había ni un solo estudiante graduado negro en el departamento. Les habló de la investigación que estaba por hacerse en los campos minoritarios. Les hizo
230 recordar su propia producción a esa edad. Les mencionó precedentes de otros profesores, algunos allí presentes, que habían recibido su cargo vitalicio con poca producción cuando esto sólo indicaba posibilidades de creci-
235 miento y mayor brillantez en el futuro. Les habló por 30 minutos. Al ir hablando se dio cuenta de que no se atrevía a alabar° al profe-   *dare to praise*
sor Jones profesionalmente, tratando siempre de encontrar razones contextuales para
240 fortalecer su propuesta° de que le permi-   *strengthen his proposal*
tieran permanecer como miembro permanente del departamento. Calló un segundo y dijo: "Creo que el Profesor Jones merece el tenure porque su trabajo promete mucho,
245 porque es un pionero en un campo poco explorado que ha suscitado poca investigación. Es un buen profesor, un miembro productivo de este departamento, interesado en períodos y contextos históricos totalmente
250 ignorados por este departamento que prefiere tener quince profesores de historia europea. Repito, el Profesor Jones merece recibir el tenure."

Hubo un largo silencio. Se llamó a la
255 votación y brevemente se anunció el resultado: 20 en contra del profesor Jones y uno a favor.

Se levantaron sus colegas y salieron rápido del salón. Era de esperarse,° le dijo el   *it was to be expected*
260 jefe del departamento.

Sintió de repente su alienación. No era una sensación nueva. Lo nuevo era reco-

nocerlo. Se había refugiado en la apariencia
de ser parte del grupo académico mayorita-
265 rio. Y ahora el profesor Julio Jarrín ni formaba parte del círculo académico departamental ni formaba parte de la comunidad
minoritaria. Su alienación era completa.

Salió al sol, al pasto verde. Ninguno
270 había sobrevivido. El salvavidas° lo había   *life preserver*
arrojado° demasiado tarde para salvar al pro-   *thrown*
fesor Jones. Pero no era tarde para volver a
empezar, no era tarde para aprender a luchar.
Se quitó el saco y se aflojó° el nudo de la cor- *loosened*
275 bata. Poco después se arremangó las mangas.

Actividades de postlectura

A. Recuente la historia, concentrándose en los siguientes puntos.

1. Cómo está vestido el profesor Jarrín al salir para la universidad.
2. Sus recuerdos del pasado mientras espera a que el tráfico
   vuelva a ponerse en marcha.
3. Su actitud hacia los chicanos.
4. Su auto-imagen.
5. Lo que le había dicho su esposa.
6. El caso del profesor Jones.
7. La votación del departamento.
8. Cómo está vestido el profesor Jarrín al salir de la universidad
   y lo que indica.

B. Formen grupos de compañeros de clase para preparar los
siguientes diálogos y preséntenlos frente a la clase.

1. La conversación entre el profesor Julio Jarrín y su esposa
   cuando él vuelve a casa.
2. La conversación entre el jefe del departamento y el profesor
   Jones cuando el jefe le dice cómo salió la votación.
3. Una entrevista con el jefe del departamento y un reportero
   del periódico estudiantil que quiere escribir un artículo sobre
   el caso del profesor Jones.
4. La conversación entre el profesor Jarrín y el profesor Jones
   cuando se encuentran un día en la calle.

1. Explique la frase "Su alienación era completa".
2. ¿Cuáles son algunos de los cambios que usted desearía ver en las universidades norteamericanas en los próximos diez años? ¿en los próximos veinte años?
3. Comente los temas de prejuicio y discriminación en las dos formas en que aparecen en el cuento: sutil y abiertamente.

---

7. Envidia
Ana María Matute

Vocabulario

Antes de realizar los ejercicios de prelectura, estudie las siguientes palabras y expresiones.

Palabras parecidas

Sustantivos	Verbos	Adjetivos
la pulsera	confesar	brusco / a
la compasión	convencer	pensativo / a
la curiosidad		serio / a
la fama		
la marioneta		
la reunión		

Palabras engañosas

asistir (a) to attend
el cómico comedian
la función performance
precioso / a beautiful, lovely; precious
el sentimiento feeling; sentiment

Palabras nuevas

el baulito small trunk
Los señores Mendoza viajaban con mucho equipaje: cinco maletas y dos baulitos.
la burla joke, jeer, ridicule
Los niños hacen burlas cuando la maestra no los ve.
el / la cocinero / a cook
El cocinero del Hotel Asturias tiene fama por sus salsas.
el / la criado / a servant, maid
Hoy en día ni siquiera las familias ricas tienen criados.

la entrada admission
No podemos ir al cine porque no tenemos dinero para la entrada.

la envidia envy
Al ver la felicidad de sus amigos, Ramona sintió mucha envidia.

el genio temper, temperament, disposition
Juan siempre está de mal genio; es difícil vivir con él.

la madrastra stepmother
Elvira nos presentó a su padre y su madrastra.

la mentira lie
¡No es verdad! ¡Es una mentira!

los modales manners, behavior
Ese chico tiene muy malos modales; le falta educación.

el / la muñeco / a doll
Mi abuela tiene una preciosa colección de muñecas antiguas.

la tristura sadness
No es un chico feliz; se le nota la tristura en la cara.

asentir to assent, agree
El hombre no dijo nada pero asintió con la cabeza.

bastarse to be self-sufficient, not need help
Laura siempre se ha bastado a sí misma; es muy independiente.

callar to remain silent
Miguel siempre calla cuando hay una discusión.

cargar to load
Vamos a cargar las cosas en el coche esta noche para salir muy temprano mañana.

negar to deny
¡No pueden Uds. negar que la película es horrorosa!

áspero / a harsh
Martina tiene los modales bruscos y la voz áspera.

descalzo / a barefoot
En verano mucha gente prefiere ir descalza.

grueso / a thick
El pelo de Juan es muy grueso, no como el de su hermano que es muy fino.

ligero / a light, swift
Los novios se despidieron con un beso ligero.

Expresiones

a pesar de in spite of
como de costumbre as usual
de arriba a abajo from head to toe; up and down
para adentro inside
todo era poco nothing was enough
valerse por sí mismo to manage by oneself

Actividades de prelectura

Para la realización de los ejercicios siguientes, es necesario conocer el vocabulario y las expresiones presentadas en la sección anterior.

A. Indique la palabra de la Columna A que corresponde a la definición de la Columna B.

Columna A   *Columna B*

el baulito   las acciones y la conducta de una persona
la muñeca   una representación en miniatura de un ser humano
la burla   equipaje grande para un viaje
la cocinera   vigor, energía
la fuerza   lo que se paga para entrar al cine o al teatro
el genio   una persona que prepara las comidas
la criada   el carácter o la disposición de una persona
la entrada   el acto de poner en ridículo
la envidia   una persona que trabaja en el servicio doméstico
los modales   el acto de desear lo que no es de uno

B. Diga si las palabras en cursiva de cada frase son sinónimos o antónimos.

1. Sentí algo *extraño* al ver una cosa tan *rara*. S
2. ¿Son lágrimas de *tristura* o de *felicidad*? A
3. Quiero que me digas la *verdad* porque estoy cansada de tus *mentiras*. A
4. Ella fue al teatro de *marionetas* y le encantó una de las *muñecas*. S
5. Empezó a hablar en tono *áspero* y terminó en tono *suave*. A
6. Era una mujer *delgada* y tenía un marido *grueso*. A
7. Me lo dijo en *broma*, pero no me gustan las *burlas*. S

C. Complete las frases siguientes traduciendo las expresiones entre paréntesis.

1. *(In spite of)* A pesar de ... sus problemas, la criada siguió trabajando *(as usual)*. como de costumbre
2. La mujer del cómico le miraba *(up and down)* de arriba abajo ... y después *(agreed)* asiento ... dejarla ver la muñeca.
3. Todo el mundo pensaba que Martina *(was self-sufficient)* se bastaba ... y que *(she managed by herself)*. Se valió por sí mismo
4. No se puede *(deny)* negar que *(nothing was enough)* pero para Floriana.
5. Después de *(load up)* cargar ... el camión, él miró *(inside)*. para adentro

Envidia
Ana María Matute

Ana María Matute is one of the most distinguished writers of contemporary Spain. Most of her stories and novels deal with rural life or with a child's perspective of the adult world.

   Envy is considered by many Catholics to be a deadly sin, and the servant Martina, strong and self-sufficient though she may be, admits to having felt it once. But in Martina's case, could it really be considered a sin?

Martina, la criada, era una muchacha alta
y robusta, con una gruesa trenza,° negra y   braid
luciente, arrollada en la nuca.° Martina tenía   coiled on her neck
los modales bruscos y la voz áspera. También
5 tenía fama de mal genio, y en la cocina del
abuelo todos sabían que no se le podía gastar
bromas° ni burlas. Su mano era ligera y con-   play pranks
tundente° a un tiempo, y más de una nariz   forceful
había sangrado° por su culpa.   had bled
10   Yo la recuerdo cargando grandes baldes°   buckets
de ropa sobre sus ancas de yegua y dirigién-
dose al río descalza, con las desnudas°   bare
piernas, gruesas y morenas, brillando al sol.
Martina tenía la fuerza de dos hombres,
15 según decía Marta, la cocinera, y el genio de
cuatro sargentos. Por ello, rara era la vez que
las demás criadas o alguno de los aparceros°   tenant farmers
mantenía conversación con ella.
   —Por tu genio no tienes amigas ni
20 novio— le decía Marta, que en razón de su
edad era la única a quien toleraba confian-
zas.° —Deberías ser más dulce y amigable.   familiarity
   —Ni falta que me hace°— contestaba   nor do I need one
Martina. Y mordisqueando° un pedazo de   nibbling
25 pan se iba hacia el río, alta y forzuda,° gar-   strong
bosa° a pesar de su figura maciza.°   graceful / solid
Realmente, hacía pensar que se bastaba a sí
misma y que de nada ni de nadie necesitaba.
   Yo estaba convencida de que Martina
30 estaba hecha de hierro° y de que ninguna   steel
debilidad cabía en su corazón. Como yo lo
creían todos, hasta aquel día en que, después
de la cena, siendo ya vísperas de la Navidad,°   Christmas Eve
se les ocurrió en la cocina hablar del senti-
35 miento de la envidia.
   —Mala cosa es—dijo Marta, al fin de
todos. —Mala cosa es la envidia, pero bien

triste, y cierto también que todos nosotros hemos sentido su punzada° alguna vez. — *pang*

40 Todos callaron, como asintiendo, y quedaron pensativos. Yo, como de costumbre, asistía de escondidas° a aquellas reuniones. — *secretly*

—Así es— dijo Marino, el mozo. —Todos
45 hemos sentido la mala mordedura.° ¿A qué — *bite*
negarlo? ¿Alguno hay aquí que no la sintiera al menos una vez en la vida? ¡Ah, vamos, supongo yo! Menos Martina, que no necesita nunca nada de nadie ni de nada . . .

50 Todos miraron a Martina esperando su bufido° o su cachete.° Sin embargo, Martina — *snort / wallop*
se había quedado pensativa, mirando al fuego y levantó levemente los hombros. Tenía las manos cruzadas sobre las rodillas. Ante su
55 silencio, Marino se envalentonó°: — *got bold*

—¿Y cómo es eso, chica? ¿Tuviste tú envidia de algo alguna vez?

Todos la miraban con curiosidad divertida. Sin embargo, cosa extraña, Martina no
60 parecía darse cuenta de la pequeña burla que empezaba a flotar a su alrededor.° Sin dejar — *around her*
de mirar a la lumbre, dijo lentamente:

—¿Y por qué negarlo? Vienen ahora fechas santas° y no quiero mancharme° con — *holy days / blemish*
65 mentiras: sentí la mordedura, es verdad. Una — *myself*
sola vez, es cierto, pero la sentí.

Marta se echó a reír.

—¿Puede saberse de qué tuviste envidia, Martina?

70 Martina la miró, y yo vi entonces en sus ojos una dulzura° grande y extraña, que no le — *sweetness*
conocía.

—Puede saberse— contestó —porque ya pasó. Hace mucho tiempo, ¡era yo una
75 zagala!° — *girl*

Se pasó la mano por los labios, de revés. Pareció que iba a sonreír, pero su boca seguía cerrada y seria. Todos la escuchaban sorprendidos, y al fin dijo:
80 —Tuve envidia de una muñeca.

Marino soltó una risotada;° ella se volvió — *burst out laughing*
a mirarle con desprecio.

—Puede rebuznar el asno°— dijo agria- — *the ass can bray*
mente —que nunca conocerá la miel.° — *honey*

85 Mientras Marino se ruborizaba,° Marta *blushed*
siguió:

—Cuéntanos, muchacha, y no hagas caso.

Martina dijo entonces, precipitadamente:

—Nunca hablé de esto, pero todos sabéis
90 que cuando padre se casó con Filomena yo no
lo pasé bien.

Marta asintió con la cabeza.

—Fue verdadera madrastra, eso sí,
muchacha. Pero tú siempre te supiste valer
95 por ti misma . . .

Martina se quedó de nuevo pensativa y el
resplandor del fuego dulcificaba sus fac-
ciones° de un modo desconocido. *features*

—Sí, eso es: valerme por mí misma . . .
100 eso es cierto. Pero también he sido una niña.
¡Sí, a qué negarlo cuernos, niña y bien niña!
¿Acaso no tiene una corazón? . . . Después
que padre casó con Filomena, vinieron los
zagales Mauricio y Rafaelín . . . ¡Todo era
105 poco para ellos, en aquella casa . . . ! Y bien,
yo, en cambio, la grandullona,° al trabajo, a *big one*
la tierra. No es que me queje, vamos: sabido
es que a esta tierra se viene, por lo general, a
trabajar. ¡Pero tenía siete años! ¡Sólo siete
110 años . . . !

Al oír esto todos callaron. Y yo sentí un
dolor pequeño dentro, por la voz con que lo
dijo. Continuó:

—Pues ésta es la cosa. Un día llegaron los
115 del Teatrín . . . ¿recuerda usted, señora
Marta, aquellos cómicos del Teatrín? ¡Madre,
qué majos° eran . . . ! Traían un teatrillo de *snappy*
marionetas, que le decían.° Me acuerdo que *as they called it*
me escapé a verle. Tenía ahorrados dos
120 realines,° escondidos en un agujero° de la *quarters / hole*
escalera, y acudí . . . Sí, me gustó mucho,
mucho. Ponían una función muy bonita, y
pasaban cosas que yo no entendí muy bien.
Pero sí que me acuerdo de una muñeca pre-
125 ciosa – la principal era –, lo más precioso que
vi: pelo rubio hasta aquí y unos trajes . . . ¡Ay,
qué trajes sacaba la muñeca aquella! ¡Mira
que en cada escena uno diferente . . . ! Y
abanicos,° y pulsera° . . . ¡Como un sueño era *fans / bracelet*
130 la muñeca! Estuve yo como embobada° *stupefied*
mirándola . . . Bien, tanto es así, que, en aca-

bando, me metí para adentro, a fisgar.° Vi
que la mujer del cómico guardaba los muñe-
cos en un baulito. Y a la muñeca, que se lla-
135 maba Floriana, la ponía en otro aparte. Con-
que fui y le dije: —Señora, ¿me deja usted
mirarla?

    Ella, a lo primero, pareció que me iba a
echar,° pero luego se fijó más en mí, y me
140 digo yo ahora si le daría lástima de verme
descalza y rota° como iba, y flacucha° que
me criaba,° y dijo: —¿Pagaste tu entrada,
chiquita?— —La pagué, sí señora—. Ella me
miró más, de arriba a abajo, y por fin se rió
145 así, para entre ella,° y dijo: —Bueno, puedes
mirarla si eso te gusta—. ¡Vaya si me gus-
taba! Bizca° me quedé: tenía la Floriana una
maleta para ella sola y, ¡¡Virgen, qué de trajes, qué de pulserinas, coronas° y abanicos°!!
150 Uno a uno me los iba ella enseñando, y me
decía: —Esto para esto, éste para lo otro . . .
—¡Ay, Dios, un sueño parecía! Viéndola, a mí
me arañaban° por dentro, me arañaban gatos
o demonios de envidia, y pena y tristura me
155 daba, he de confesarlo. ¡Y cómo vivía aquella
muñeca, cielo santo°! ¡Cómo vivía! En que°
llegué a casa, la Filomena me esperaba con la
zapatilla° y me dio buena tunda° por la escapada . . . Sorbiéndome el moquillo° me subí al
160 escaño° ande dormía, en el jergón de paja°
. . . Y me acordaba del fondo del baúl de
sedas° mullidas, donde dormía la Floriana . . .
Y mirando mis harapos° me venían a las
mientes° sus sedas y sus brazaletes. A la
165 mañana, arreando,° salí con el primer sol y
me fui para el carro de los cómicos, descalza y
rota como estaba, y me puse a llamar a
voces° a la señora. Y en que salió, despeinada
y con sueño, le pedí que me llevaran con ellos:
170 por Dios y por todo, si me querían llevar con
ellos, que, bien lavada y peinada, podía serles
como de muñeca.

    Marta sonrió y le puso la mano en el
hombro.
175 —Vaya, muchacha— le dijo. —No te
venga la tristeza pasada. Bien que te defen-
diste luego . . . ¡Poca envidia es esa tuya!

to snoop

to throw me out

ragged / skinny
as I was raised

to herself

cross-eyed

crowns / fans

clawed

good heavens / as
  soon as
slipper / thrashing
sniffling
bench / straw
  mattress
silk
rags
mind
rushing off

shout

Martina levantó la cabeza, con un gesto como de espantar una mosca° importuna.

brush away a fly

180   —¡Y quién dice otra cosa! Nadie tiene que andarme a mí con compasiones. ¡Fresca° estaría . . . ! ¡Cuántas querrían estar en mi lugar! ¡Pues sí que . . . ! De pecados° de envidia estábamos hablando, no de tristeza.

fresh

sins

Actividades de postlectura

A. Recuente la historia de Martina con sus propias palabras. Discuta los siguientes elementos.

1. la apariencia de Martina
2. la niñez de Martina
3. la personalidad de Martina
4. la burla que le hacen los amigos a Martina
5. la actitud del grupo hacia el sentimiento "envidia"
6. la envidia que Martina sintió hacia Floriana (¿fue justificada?)
7. la reacción de la niña Martina al sentimiento "envidia"

B. Indique las líneas que se refieren a Martina y las que hacen referencia a Floriana.

1. Era alta y robusta.
2. Tenía fama de mal genio.
3. Tenía pelo rubio que le llegaba hasta la cintura.
4. Estaba descalza y rota.
5. Tenía una maleta para ella sola.
6. Más de una nariz había sangrado por su culpa.
7. Se bastaba a sí misma.
8. Dormía en un baulito de sedas.
9. Tenía envidia.
10. Tenía abanicos y pulserinas.

C. Dividan la clase por grupos y preparen una actuación del cuento *Envidia.* Piensen en los puntos siguientes:

1. Inventen un escenario adecuado al ambiente donde tiene lugar la mayor parte de la acción del cuento.
2. Expliquen cómo van a presentar a los cuatro personajes principales: Martina, Marta, Marino y el narrador. ¿Cómo estarán vestidos? ¿Qué tipo de personalidad tienen?
3. Escojan las líneas del cuento que serán parte del guión (*script*).

D. Temas para conversar o para escribir

1. Martina tiene una forma de pensar sobre sí misma. Marta la cocinera tiene otra. Dé una descripción de Marta y explique su percepción de Martina.
2. Es obvio que el narrador de este cuento es un niño o una niña, como ocurre frecuentemente en los cuentos de Ana María Matute. Dé una descripción del narrador (o la narradora) y sus reacciones a Martina.
3. Dé su opinión sobre la envidia. Explique si usted cree que es una emoción que se puede justificar o no.
4. Tomando este cuento como punto de partida, explique lo que representa la influencia de la niñez en el carácter del adulto.

Puerta Verde *por Julio Farrell (1945), México. Por cortesía del autor y de Galería Novart, Madrid.*

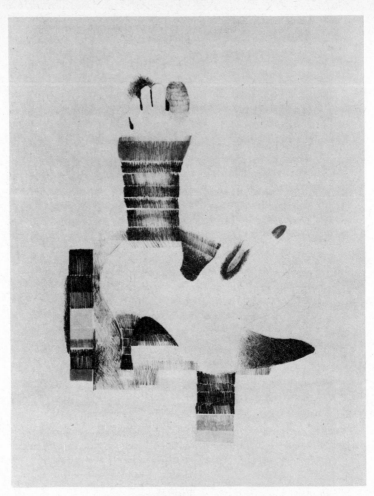

Pappagallo, *1965, por Marisol Escobar (1930–),
Venezuela. Museum of Art, Rhode Island School of
Design—Nancy Sayles Day Fund*

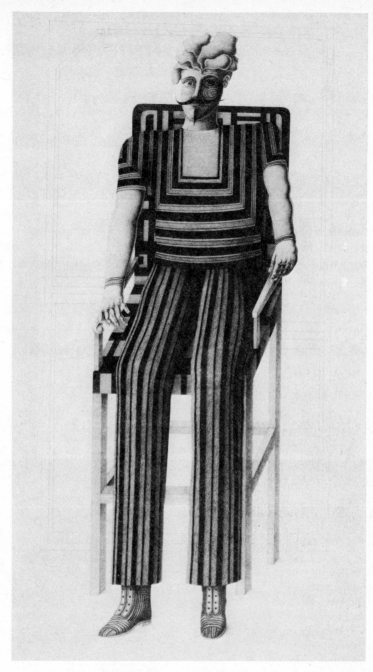

Figura sentada, *1966, por Roberto Aizenberg (1928),*
Argentina. Museum of Art, Rhode Island School of
Design, Nancy Sayles Day Fund.

Capítulo IV

Mundos al revés

Because it deals with the imagination, fiction knows no limits. It can restructure time, set unknown spatial limits and even create new worlds. Having no constraints, it can explore not only our thoughts, but our dreams, fantasies, and imaginings as well. Many contemporary Spanish-speaking writers actively explore the unreal, the fantastic, and the absurd to present us with different aspects of our own world and our existence.

8. La continuidad de los parques
Julio Cortázar

Vocabulario

Antes de realizar los ejercicios de prelectura, estudie las siguientes palabras y expresiones.

Palabras parecidas

Sustantivos	Verbos	Adjetivos
la continuidad	abandonar	absorbido / a
la figura	danzar —blunt	doble
el irritante	disuadir	secreto / a
la intrusión	galopar	
la imagen		
el protagonista		
la serpiente		
la tranquilidad		

Palabras engañosas

la cuestión issue, matter
la galería corridor, hall
el personaje character (fictional)

Palabras nuevas

el / la amante lover
Antonio y Cleopatra eran amantes.

el atardecer late afternoon, dusk
Al atardecer ella encendió las luces.

la cabaña cabin, hut, shack
Vamos a pasar las vacaciones en una cabaña en las montañas.

la coartada alibi
Dice que no estaba en casa cuando ocurrió el crimen. Los testigos no están de acuerdo con su coartada.

el crepúsculo twilight, dusk
El crepúsculo no les permitió ver bien el camino.

el dibujo sketch, drawing
Fuimos al museo a ver una exhibición de los dibujos de Goya.

el encuentro encounter
El encuentro lo sorprendió porque no pensaba ver allí a su padre.

la finca country house or estate
La familia pasaba los fines de semana en su finca.

el mayordomo butler, steward of a country home
El mayordomo sirvió la comida y se retiró.

el puñal dagger
Los asesinos mataron a Julio César con un puñal.

la senda path
Caminaban lentamente por la senda en el parque.

el terciopelo velvet
Si quieres hacerte un vestido de una tela elegante, yo te recomiendo el terciopelo.

el / la testigo witness
Nadie vio lo que ocurrió. No había testigos.

la trama plot of a story
Es importante seguir la trama del cuento.

acariciar to caress
El padre acarició a su hijo y él respondió con una sonrisa.

anochecer to get dark
Aunque eran solamente las seis de la tarde, ya anochecía.

dejarse to allow (permit) oneself
El niño se calmó y se dejaba flotar tranquilamente en el agua.

discutir to discuss; to argue
Pasamos cinco horas discutiendo el problema, pero no llegamos a ningún acuerdo.

ladrar to bark
El perro ladró toda la noche, lo que molestó a los vecinos.

llevar a to lead to
La senda los llevaba a una casa abandonada.

Expresiones

estar de espalda to have one's back turned
a la vez at the same time
más allá de beyond
desde siempre from the beginning of time

Actividades de prelectura

Para la realización de los siguientes ejercicios, es necesario conocer el vocabulario y las expresiones presentadas en la sección anterior.

A. Complete cada frase con una de las siguientes palabras o expresiones. Use la forma apropiada del verbo *anochecer.*

a la vez	atardecer	crepúsculo
para siempre	anochecer	

Ya era el . . . cuando se encontraron. . . . rápidamente en aquella época del año. Se veían solamente dos figuras oscuras en el . . . . Se sonrieron y los dos dijeron —Buenas tardes— . . . . Después, él se acordaría de este momento . . . .

B. Conteste las siguientes preguntas acerca de una excursión imaginaria a una finca. Use las palabras de la lista.

la cabaña	la finca	la senda	la galería	más allá

1. ¿Dónde va usted a pasar el fin de semana?
2. ¿Cómo se llega a la finca?
3. ¿Hay algún lugar para descansar en el camino?
4. ¿Se ve el lago antes de llegar a la cabaña?
5. Al abrir la puerta de la casa, ¿se entra directamente a la sala?

C. Complete cada frase con un sinónimo apropiado de la lista siguiente, transformándolos cuando sea necesario.

delante de - *in front of*	tranquilidad	dejar
abandonado *abandoned*	bailar	galopar
terciopelo *velvet*	serpiente	cuestión

1. —¿Quieres *danzar* conmigo? —Sí, me gustaría . . . contigo.
2. El hombre *corre* y el caballo . . . .
3. —¿Han *dejado* la casa? — Sí, la han . . . .

4. Gozamos de la *calma* del instante y de la . . . del lugar.

5. Es un *asunto* importante y hay que pensar bien en una . . . tan grave como ésta.

6. Ahora en la clase de zoología estamos estudiando los *invertebrados.* ¡No me gustan las . . . !

7. —¿*Os permitieron* descansar un rato? —Sí nos . . . descansar por diez minutos antes de seguir trabajando.

8. —¡Qué *tela* más elegante! —¿Te gusta? Es . . . .

9. La puerta estaba *detrás del* hombre. Él estaba . . . la puerta.

D. Complete cada frase con la forma correcta del verbo que corresponda al sustantivo en cursiva.

1. ¡Qué *dibujo* más lindo! Tú sabes . . . muy bien.

2. El perro gozó de las *caricias* de su dueño cuando él lo . . . .

3. —¿Es Ud. *amante* de los animales? —Sí, yo los . . . .

4. Sr. Romero, yo no puedo dormir por la noche por los *ladridos* de su perro. Él . . . toda la noche.

5. Los dos vecinos tuvieron una *discusión* sobre el asunto. Lo . . . por dos horas.

E. Complete la historia siguiente eligiendo una de las dos opciones que se ofrecen entre paréntesis.

Estoy leyendo un cuento policíaco. No lo puedo dejar porque la (tranquilidad / continuidad) de la (imagen / trama) siempre me (disuade / lleva) a la próxima página. El (protagonista / personaje) es un hombre rico que lleva una vida (absorbida / secreta). Los otros (testigos / personajes) son su esposa, su mejor amigo, el (puñal / mayordomo), y un detective famoso. Un día su amigo lo encuentra muerto en la sala con un (dibujo / puñal) en la espalda. La policía decide llamar al famoso detective Lucas Gómez. El detective llega y le pregunta a la policía: —¿Tienen Uds. algunos (amantes / testigos)?— Al mejor amigo le pregunta: —¿Vio Ud. alguna (figura / imagen) en el jardín? Y a la esposa le pregunta: —¿A qué se debe esta (trama / intrusión) a la casa? Y agrega: —Espero que Ud. tenga una buena (imagen / coartada) señora, porque es evidente que Ud. ha llevado una (doble / dura) vida—. No le voy a contar lo demás porque quiero que sea una sorpresa cuando Ud. lea el cuento.

La continuidad de los parques
Julio Cortázar

Born in Belgium of Argentine parents, Julio Cortázar returned to Argentina as a child and was educated and taught school briefly there

before returning to Europe where he has spent most of his adult life.
He is a prolific writer of novels and short stories whose works impart
a sense of the absurd, enigmatic, or fantastic aspects of life.

La continuidad de los parques *is a murder mystery and a story*
within a story. At the same time that the gentleman is reading an
exciting murder story, another murder takes place, and the dividing
line between fantasy and reality disappears.

Había empezado a leer la novela unos
días antes. La abandonó por negocios
urgentes, volvió a abrirla cuando regresaba
en tren a la finca; se dejaba interesar lenta-
5 mente por la trama, por el dibujo de los personajes. Esa tarde, después de escribir una
carta a su apoderado° y discutir con el ma-   agent
yordomo una cuestión de aparcerías,° volvió   tenant farms
al libro en la tranquilidad del estudio que
10 miraba hacia el parque de los robles.° Arre- oak trees
llanado° en su sillón favorito, de espaldas a la leaning back
puerta que lo hubiera molestado como una
irritante posibilidad de intrusiones, dejó que
su mano izquierda acariciara una y otra vez el
15 terciopelo verde y se puso a leer los últimos
capítulos. Su memoria retenía sin esfuerzo los
nombres y las imágenes de los protagonistas;
la ilusión novelesca lo ganó casi en seguida.
Gozaba del placer casi perverso de irse desga-
20 jando° línea a línea de lo que lo rodeaba, y   breaking away
sentir a la vez que su cabeza descansaba cómodamente en el terciopelo del alto
respaldo,° que los cigarrillos seguían al   chair back
alcance de la mano, que más allá de los ven-
25 tanales danzaba el aire del atardecer bajo los
robles. Palabra a palabra, absorbido por la
sórdida disyuntiva° de los héroes, dejándose   dilemma
ir hacia las imágenes que se concertaban° y   plotted
adquirían color y movimiento, fue testigo del
30 último encuentro en la cabaña del monte. Primero entraba la mujer, recelosa;° ahora lle-   apprehensive
gaba el amante, lastimada la cara por el chi-
cotazo de una rama.° Admirablemente   lash of a branch
restañaba ella la sangre con sus besos, pero él
35 rechazaba° las caricias, no había venido para   rejected
repetir las ceremonias de una pasión secreta,
protegida por un mundo de hojas secas y sen-
deros° furtivos. El puñal se entibiaba° contra   paths / warmed itself
su pecho, y debajo latía° la libertad agaza-   beat

40 pada.° Un diálogo anhelante° corría por las   *seized / yearning*
   páginas como un arroyo° de serpientes, y se   *stream*
   sentía que todo estaba decidido desde siempre. Hasta esas caricias que enredaban el
   cuerpo del amante como queriendo retenerlo
45 y disuadirlo, dibujaban abominablemente la
   figura de otro cuerpo que era necesario des-
   truir. Nada había sido olvidado; coartadas,
   azares,° posibles errores. A partir de esa hora   *chances*
   cada instante tenía su empleo minuciosa-
50 mente atribuido. El doble repaso des-
   piadado° se interrumpía apenas para que una   *merciless*
   mano acariciara una mejilla. Empezaba a
   anochecer.

      Sin mirarse ya, atados° rígidamente a la   *bound*
55 tarea que los esperaba, se separaron en la
   puerta de la cabaña. Ella debía seguir por la
   senda que iba al norte. Desde la senda
   opuesta él se volvió un instante para verla
   correr con el pelo suelto.° Corrió a su vez,   *loose*
60 parapetándose° en los árboles y los setos,°   *taking shelter / hedges*
   hasta distinguir en la bruma malva° del   *mauve mist*
   crepúsculo la alameda° que llevaba a la casa.   *tree-lined drive*
   Los perros no debían ladrar, y no ladraron. El
   mayordomo no estaría a esa hora, y no
65 estaba. Subió los tres peldaños° del porche y   *steps*
   entró. Desde la sangre galopando en sus
   oídos le llegaban las palabras de la mujer: primero una sala azul, después una galería, una
   escalera alfombrada. En lo alto,° dos puertas.   *at the top*
70 Nadie en la primera habitación, nadie en la
   segunda. La puerta del salón, y entonces el
   puñal en la mano, la luz de los ventanales, el
   alto respaldo de un sillón de terciopelo verde,
   la cabeza del hombre en el sillón leyendo una
75 novela.

Actividades de postlectura

A. Conteste las siguientes preguntas con la información del cuento.

   1. ¿Quién es el protagonista del cuento? ¿Qué hace durante la
      historia? ¿Qué sabe Ud. de él?
   2. ¿Quiénes son los otros personajes del cuento? ¿Qué sabe Ud.
      de ellos?
   3. ¿Dónde tiene lugar la historia? ¿En qué momento del día?

4. ¿Qué pasa en la novela que lee el protagonista?
5. ¿Qué pasa en el cuento de Julio Cortázar, *La continuidad de los parques?*

B. Formen seis grupos en la clase, repartan los papeles de la historia y representen las escenas que se sugieren a continuación. Pueden inventar en cada escena el final que decida el grupo.

1. La policía interroga al mayordomo.
2. Un detective interroga al mayordomo.
3. La policía interroga a la mujer.
4. La policía busca pistas.
5. El detective interroga a la mujer.
6. El detective busca pistas.

C. Temas para conversar o para escribir.

1. ¿Qué significa el título del cuento? ¿Cómo se relaciona a lo que pasa? Piense en otro título para el cuento.
2. ¿Cuál es la realidad del cuento? ¿Cuál es la parte imaginaria?
3. Si Ud. pudiera ser personaje de alguna novela que haya leído en inglés o en español, ¿cuál escogería? ¿Por qué?

---

9. La conferencia que no di
Enrique Anderson Imbert

Vocabulario

Antes de realizar los ejercicios de prelectura, estudie las siguientes palabras y expresiones.

Palabras parecidas

Sustantivos	Verbos	Adjetivos
la adquisición	conservar	ágil
el / la descendiente	pasar	distinguido / a
la infantería		ilustre
el museo		militar
el saludo		supersticioso / a
el / la visitante		

Palabras engañosas

la conferencia lecture
la desgracia misfortune, bad luck

el dormitorio bedroom
familiar family *(adjective)*
la habitación room
largo / a long
raro / a strange, odd, rare

Palabras nuevas

la bata bathrobe
Al oír un ruido en el jardín, el Sr. Morales bajó de la cama, se puso la bata, y abrió la ventana para mirar afuera.

la belleza beauty
Scarlett O'Hara fue una belleza famosa en la novela *Lo que el viento se llevó.*

la comodidad comfort
Ese hotel no ofrece ni comodidad ni servicio.

la dentadura postiza set of false teeth
¡Nunca he visto una dentadura postiza que parezca tan natural!

el / la encargado / a caretaker
Si Ud. quiere tomar fotos de esta mansión, tiene que pedirle permiso al encargado.

la guerra war
Su abuelo fue soldado en la Primera Guerra Mundial, y su padre fue soldado en la Segunda Guerra Mundial.

el / la huésped overnight guest
Si quieres, puedes pasar la noche en el cuarto de huéspedes.

la pesadilla nightmare
Hoy estoy muy cansado porque no dormí bien anoche. ¡Tuve una pesadilla horrible!

el retrato portrait
¿Quién pintó este retrato? ¿Goya?

la sonrisa smile
¡Mira la cámara y pon una sonrisa muy grande!

el teniente lieutenant
En el ejército hay más tenientes que generales.

la víspera evening, eve
Todos están invitados a la fiesta que vamos a tener en la víspera del Año Nuevo.

aprovecharse (de) to take advantage (of)
Los adolescentes se aprovecharon de la ausencia de sus padres para tener una fiesta grande y ruidosa.

pintar to paint
¿Cómo se llama el pintor que pintó este cuadro?

sostener to hold

El caballero se levantó y ofreció su asiento en el autobús a la mujer que sostenía un niño en los brazos.

vacilar to hesitate

Escuchó la pregunta y sin vacilar un instante, contestó firmemente "¡No!"

Expresiones

dar la espalda a to turn away from, turn one's back to
no es para menos small wonder
pasarlo bien to have a good time; to do well
satisfecho de sí satisfied with oneself

Actividades de prelectura

Para la realización de los siguientes ejercicios, es necesario conocer el vocabulario y las expresiones presentadas en la sección anterior.

A. Complete cada frase con una palabra del siguiente grupo. Se puede usar cada palabra solamente una vez.

belleza encargada descendiente huésped teniente visitante

1. Ahora es coronel, pero antes de su promoción era . . . .
2. Scarlett O'Hara fue una famosa . . . sureña.
3. Los pacientes del hospital no pueden tener . . . hasta las dos de la tarde.
4. —Sí, señor, yo le puedo dar permiso para entrar en la casa porque soy la . . . .
5. Se llama Tomás Jefferson y es . . . de Thomas Jefferson.
6. Como no tenemos una habitación de . . . , tendrá que pasar la noche en el sofá de la sala.

B. Complete cada frase con una palabra del siguiente grupo. Se puede usar cada palabra solamente una vez.

desgracia   pesadilla   sonrisa   víspera
museo   bata   guerra   comodidad

1. El 24 de diciembre es la . . . de Navidad.
2. Yo sé que esa silla es fea, pero es muy cómoda y la . . . es más importante que la apariencia.
3. Cuando vi tu gran . . . , yo sabía que las noticias eran buenas.
4. Horacio todavía tiene la espada que su abuelo llevó en la . . . Civil.
5. Todos los domingos Papá se sentaba en un sillón cómodo, vestido con su . . . , tomando café y leyendo los periódicos.
6. Oí gritos en tu dormitorio. ¿Tuviste una . . . ?

7. ¡Pobres Esperanza y Osvaldo! Siempre tienen mala suerte. Ayer les pasó otra . . . .

8. Hay una exhibición de muebles Chippendale en el . . . .

C. Complete cada frase con la forma apropiada de uno de los adjetivos de la lista a la derecha.

1. Al general le gustaba contar los recuerdos de su carrera	largo
2. El profesor no era un hombre . . . porque no creía en fantasmas.	preocupado raro
3. ¡Nunca en mi vida he visto cosas tan valiosas y tan . . . !	ágil distinguido
4. Como el cuento era muy . . . , los niños se durmieron antes de que su mamá terminara de leerlo.	familiar ilustre
5. Será una pequeña cena . . . . Hemos invitado solamente a nuestros parientes.	supersticioso militar
6. Los señores Mendoza están muy . . . porque su hijo está en el hospital.	satisfecho
7. Aunque su abuelo tiene 85 años, todavía es muy	
8. El hombre del retrato es un descendiente . . . de una familia	
9. Después de salir bien en todos los exámenes, Miguel estaba muy	

D. Use la expresión o el verbo apropiado para explicar las acciones de las siguientes personas.

aprovechar   pintar   vacilar
pasarlo bien   sostener   dar la espalda

1. La persona que tiene dudas . . . .
2. En sus brazos, la madre . . . al hijo.
3. El cobarde . . . .
4. El pintor . . . .
5. Cuando existe una buena oportunidad, la persona inteligente la . . . .
6. Generalmente, cuando los estudiantes van a una fiesta, ...

La conferencia que no di
Enrique Anderson-Imbert

The Argentine author Enrique Anderson-Imbert, born in Buenos Aires in 1900, has played an important role in two aspects of the literary world. As Professor Emeritus of Spanish-American Literature at Harvard University, he continues to instruct and inspire students while maintaining his distinguished career as a writer. Many of his widely published stories deal with the themes of the fantastic, the unreal, or the supernatural.

A visiting Argentine professor comes to give a lecture at an American university but, after spending the night of arrival in an old mansion belonging to the school, he decides not to give it. What mysterious event causes that decision?

Fui a Brown University, en Rhode Island, para dar una conferencia pero no la di. Explicar por qué a último momento no pude es el objeto de estas páginas.

5 Llegué en la víspera, cansado por el largo viaje desde Buenos Aires, y me alojaron° en una mansión de 1800.   *they lodged me*

—Rara ¿no?— me dijo la encargada, Mrs. Percy, mostrándome la sala. Era una señora
10 de edad° pero todavía ágil—. Ojalá que lo pase bien.   *getting on in years*

—Oh, estoy seguro de que sí.

—No sé. A mí, para decirle la verdad, esta casa me carga de años.° No soy tan vieja   *makes me feel old*
15 como parezco pero desde que vine me he anticuado° como esa silla de Chippendale. No es   *aged*
para menos. ¡si no es una casa! es un museo. La última descendiente de los Greene la legó°   *willed*
a la Universidad con la condición de que la
20 conservaran sin cambiar un solo mueble. ¿Se da cuenta? Y la Universidad la usa para hospedar° a los visitantes ilustres, acaso por-   *to put up*
que a los profesores les gusta el pasado. ¿A usted le gusta el pasado?
25 —Bueno, sí . . .

—Ah, entonces . . . Sígame, por favor. Cuidado con esta bola de la barandilla,° que   *banister*
es mírame y no me toques.° Como le iba   *look but don't touch*
diciendo, cada generación de los Greene, más
30 preocupada por la distinguida tradición familiar que por la comodidad, se las arregló para vivir con el moblaje° de la anterior,   *furnishings*
salvo° unas pocas adquisiciones que siempre   *except for*
eran también antiguallas,° así que ya ve—   *relics*
35 me dijo mientras me conducía escaleras arriba° al cuarto que me habían reservado.   *upstairs*

Los tablones del piso,° gracias al barniz,°   *floorboards / varnish*
se defendían del desgaste° del tiempo. La   *wear*
cama era de caoba,° tallada con liras,° urnas,   *mahogany / lyres*
40 hojas de acanto° y, en la cabecera, un águila.   *acanthus leaves*
Había un sillón, una cómoda, un escritorio,

una mesita de noche con un candelabro y,
frente a un enorme espejo, el retrato, cuerpo
entero, de un coronel de infantería. El
45 uniforme era impresionante; sombrero bicor-
nio; escarapela° tricolor; casaca° azul guarne-   *cockade / frock coat*
cida de rojo; desmesurado cuello° cuyas pun-   *oversized collar*
tas llegaban hasta las orejas; camisa,
chaleco° y calzones° blancos; puños de   *vest / breeches*
50 encaje;° botas negras. La pose también   *lace cuffs*
impresionaba: la cabeza echada para atrás° y   *thrown back*
la pierna izquierda echada para delante,° el   *thrust forward*
coronel sostenía con las dos manos, de
través,° una larga espada.° Lo menos mar-   *horizontally / sword*
55 cial del cuadro era la expresión: la cara, de
ojos pequeños y gran sonrisa de hermosos
dientes, parecía estar burlándose del pintor,
más interesado en pintarle el uniforme y la
pose que en pintarlo a él.
60   Mrs. Percy, a mi lado, esperó hasta que
aparté la vista° y entonces me dijo: *looked away*
    —¿Qué le parece? Es el coronel Greene, el
que mandó construir esta casa. Nació el
mismo año en que nació nuestra nación, hijo
65 de un guerrero° de la Independencia, también   *fighter*
de Rhode Island. No fue tan heroico como su
padre, pero por lo menos luchó contra los
ingleses en la guerra de 1812. Tuvo una
muerte horrible . . .
70   Se interrumpió, me estudió y después de
vacilar por un instante me preguntó:
    —¿Usted es supersticioso?
    —¿Supersticioso yo? ¡Claro que no!— y
solté una carcajada.°   *burst out laughing*
75   —Se lo pregunto porque murió en esta
habitación. Sacaron su cadáver de esa cama
donde usted va a dormir . . . No era la cama
del coronel. ¡Ay, Dios! Más le hubiera valido
quedarse abajo.° La desgracia ocurrió en una   *It would have been*
80 mañana de verano. Entonces, como ahora,   *better if he had stayed*
ésta era la habitación de huéspedes. Un joven   *downstairs.*
matrimonio de Virginia - un teniente y una
belleza del sur - estaba pasando unos días
aquí. El teniente se levantó temprano y salió
85 a la calle, dejando a su mujer dormida. A las
dos o tres cuadras° se dio cuenta de que se   *blocks away*
había olvidado el reloj. Volvió sobre sus
pasos° y sorprendió al coronel Greene que,   *He retraced his steps*
aprovechando su ausencia, había entrado con

90   malas intenciones en el dormitorio de la bella
sureña. De un sablazo° le rompió la boca y de   *sabre blow*
otro le partió° el cráneo.   *split*

    Volví a mirar el retrato. Me sonreía. Le
devolví la sonrisa con cierta picardía,°   *mischievousness*
95 despedí a la parlanchina° Mrs. Percy, me   *chatterbox*
acosté y me dormí en seguida.

    Tuve un sueño macabro. Soñé que yo
abría los ojos y veía a un hombre caminando
por la habitación. Aunque me daba la espalda
100 lo reconocí: por lo pronto° reconocí su   *at least*
uniforme. Quise hablarle pero la voz se me
ahogó° en la garganta.° En eso giró sobre sus   *strangled / throat*
talones° y me dio el frente.° Era, sí, el coronel   *he turned on his*
del retrato, sólo que en vez de cara me mos-   *heels / faced me*
105 traba una calavera° con la mandíbula° des-   *skull / jaw*
trozada.° No tenía dientes pero me pareció   *destroyed*
que me sonreía y que de un momento a otro
de su mueca° iba a asomar° una lengua y   *grimace / emerge*
hablarme. No tenía ojos pero me miraba
110 desde el fondo de las cuencas vacías.° Se   *empty sockets*
acercó a mi cama, estiró° las manos esqueléti-   *reached out*
cas, se apoderó° de la dentadura postiza que   *he seized*
yo había dejado en un vaso, sobre la mesa de
noche, se la puso y se contempló en el espejo,
115 muy satisfecho de sí. Después me dirigió° un   *gave me*
saludo militar, se alejó contoneándose° y   *swaggering*
desapareció, supongo que en el retrato.
Entonces rompí° a gritar y gritando me des-   *I began*
perté.
120   Acudió° Mrs. Percy, alarmada por mis   *came*
gritos, y golpeó la puerta:

    —¡Señor, señor! ¿Le pasa algo?

    —No, señora, nada. Una pesadilla, nada
más. Perdóneme. Un momentito por favor . . .
125   Con la intención de abrirle la puerta – yo
le había echado doble llave° – me tiré° de la   *double locked it / I*
cama, me puse la bata y cuando fui a ajus-   *jumped out*
tarme la dentadura postiza vi que ya no
estaba en el vaso.

Actividades de postlectura

A. ¿El retrato o el sueño? Las siguientes líneas son del cuento y
todas se refieren al coronel. Indique cuáles describen al coronel del
retrato y cuáles lo describen en el sueño.

1. . . . el coronel sostenía con las dos manos, de través, una larga espada.
2. La pose también impresionaba: . . . .
3. . . . giró sobre sus talones y me dio el frente.
4. . . . camisa, chaleco y calzones blancos; . . . .
5. . . . la cara, de ojos pequeños y gran sonrisa de hermosos dientes . . . .
6. . . . me mostraba una calavera con la mandíbula destrozada.
7. . . . de un momento a otro de su mueca iba a asomar una lengua y hablarme.
8. . . . la cabeza echada para atrás y la pierna izquierda echada para delante, ...
9. . . . me miraba desde el fondo de las cuencas vacías.
10. Después me dirigió un saludo militar, se alejó contoneándose y desapareció, ...

B. Conteste las siguientes preguntas para recontar el cuento.

1. ¿Cuál es la profesión del narrador? ¿Cómo lo sabe Ud.?
2. ¿Es el narrador joven, de edad maduro o viejo? ¿Cómo lo sabe Ud.?
3. ¿Qué hace Mrs. Percy? ¿Cómo es?
4. ¿Cuáles son algunas características de la casa?
5. ¿De quién es el retrato? ¿En qué cuarto está?
6. ¿En qué año nació el coronel Greene?
7. ¿Qué contesta el narrador cuando Mrs. Percy le pregunta si es supersticioso?
8. ¿Dónde murió el coronel? ¿Quién lo mató? ¿Por qué lo mató? ¿Cómo lo mató?
9. Describa el sueño del narrador.
10. En su opinión, ¿por qué no dio el profesor la conferencia en Brown University?

C. Prepare uno de los siguientes diálogos para presentarlo a la clase con otra persona.

1. Imagínese el diálogo entre el narrador y Mrs. Percy cuando el narrador abre la puerta del dormitorio.
2. Imagínese el diálogo entre el narrador y un oficial de la universidad cuando el narrador explica que no puede dar la conferencia.
3. Imagínese el diálogo entre el profesor y su esposa cuando ésta lo encuentra en el aeropuerto y le pregunta, —¿Qué tal te fue la conferencia?

D. Temas para conversar o para escribir.

1. ¿Por qué da el narrador una descripción tan completa de la mansión?

2. Antes del sueño del narrador, había otras indicaciones de ocurrencias raras en la casa. ¿Cuáles eran?
3. ¿Hay en este cuento una división entre el sueño y la realidad? ¿Para qué sirve esa ambigüedad?
4. Vamos a imaginar que éste fue el primer viaje que el profesor ha hecho a los Estados Unidos. ¿Qué habrá aprendido en esta experiencia? ¿Qué podrá contar de los Estados Unidos a su regreso a su país?

10. El bis
Juan Bonet

Vocabulario

Antes de realizar los ejercicios de prelectura, estudie las siguientes palabras y expresiones.

Palabras parecidas

Sustantivos	Verbos	Adjetivos
el / la admirador / a	aplaudir	distinto / a
el aplauso	convertirse en	improvisado / a
el estilo	establecer	infatigable
el espectador	instalar	último / a
el estudio	interpretar	voraz -ravenous, greedy
la furia		
el intérprete		
el programa		
el respeto		
la tempestad		

Palabras engañosas

el / la asistente one who attends, such as a concertgoer; assistant
atender to take care of; to serve
el público audience; public
el / la acomodador / a accommodator, usher

Palabras nuevas

la barba beard
Todos los hombres de mi familia llevan barba.
el bis encore
Al guitarrista se le pidió un bis que amablemente concedió.

el maquillaje make-up, cosmetics
Antes de salir a escena los locutores de televisión usan maquillaje.

el milagro miracle
El coche paró frente al precipicio. Fue un milagro que no ocurriera un accidente.

el recado message
El presidente envió un recado al cocinero pidiéndole que no echara sal en sus comidas.

la reverencia bow, curtsy
Al terminar el concierto, la pianista hizo una reverencia para agradecer los aplausos del público.

el / la tipo / a guy, fellow; gal, woman
Mira en aquella esquina. Hay dos tipos que parecen criminales.

cobrar to charge, collect
El cantante de ópera Plácido Domingo no quiso cobrar su concierto en el parque del Retiro en Madrid. Fue un regalo estupendo.

echarse a dormir to fall asleep
Parte del público se echó a dormir durante la proyección de la película que ganó el Oscar este año.

quitarse to take off (clothing)
El pianista se quitó la chaqueta para tocar más cómodamente.

rascarse to scratch oneself
El niño empezó a rascarse porque allí había muchos mosquitos y le habían picado.

salvarse to save, rescue (oneself)
No se salvó nadie en ese accidente de avión.

despeinado / a uncombed, disheveled
Cuando salí de la peluquería estaba más despeinada que cuando entré.

impresionante impressive, amazing
El museo tiene una impresionante colección de cuadros de Velázquez.

incansable tireless
Los niños son unos incansables jugadores de fútbol.

inconsciente unconscious, unaware
El abuelo siguió hablando de su participación en la guerra, inconsciente de que todos sus nietos se habían echado a dormir.

poderoso / a powerful, mighty
La pluma es más poderosa que la espada.

sencillo / a simple
Es una cosa muy sencilla.

Expresiones

a lo largo de along, throughout
al final at the end
dar fin a to finish off

de vez en vez from time to time, occasionally
llevar (siete días) to have been (for seven days)
seguir (tocando el piano) to continue (playing the piano)

Actividades de prelectura

Para la realización de los ejercicios siguientes, es necesario conocer el vocabulario y las expresiones presentadas en la sección anterior.

A. Complete con el sinónimo de la palabra en cursiva.

1. Esa mujer es *infatigable*. Trabaja día y noche. Es *incansable*
2. Siempre le gustan las cosas *simples* porque es una persona *sencillo*
3. Tengo que mandar un *mensaje* a mi amigo Pedro. En el *recado* . . . le voy a decir que no me espere.
4. Todos los *asistentes* al concierto aplaudieron el primer preludio. El *público* . . . también aplaudió el décimo preludio.
5. ¿Son *diferentes* sus coches o son similares? No son similares. Son *distintos*
6. ¡Tus ganas de aventura son *insaciables*! Eres un muchacho *voraz*
7. ¿Había algún *hombre* interesante en la fiesta? Sí, conocí a un *tipo* . . . muy interesante y también inteligente.

B. Complete con el antónimo de la palabra en cursiva.

1. —¡Ay, pobrecito! ¿Está *consciente* ya?
   —No, todavía está *inconsciente*
2. Los caballeros *se despertaron* al final del preludio, pero cuando el maestro comenzó a tocar nuevamente, ellos *se echan* . . . a dormir.
3. Al final del concierto la señora *se puso* los zapatos que se había *se quita* . . . cuando la música comenzó.
4. La *tranquilidad* de la sala fue interrumpida por una *poderosa* . . . de aplauso.
5. El programa del maestro fue *planeado*, pero los bises fueron *establecer* . . .
6. —¿Estás en la *primera* fila de butacas?
   —No, estoy en la *última* . . . fila.

C. Complete cada frase o grupo de frases con la forma apropiada de las tres palabras propuestas.

1. (el acomodador, atender, los asistentes)
   . . . tiene que . . . a . . . al concierto.
2. (una reverencia, el respeto, poderoso)
   Como el rey era muy . . . , la gente siempre le saludaba con . . . para mostrar su . . . .

3. (una barba, rascarse, un bis)

El hombre que pidió otro . . . y otro y otro, el que tenía . . . larga, . . . la cabeza a cada rato.

4. (salvar, un milagro, impresionante)

Parece . . . que la policía haya podido . . . a las víctimas de un accidente tan . . .

5. (el maquillaje, cobrar, despeinado)

—¡No puedes ir a la fiesta tan . . . , con ese vestido y sin . . . !

—Bueno, voy a arreglarme un poco, pero no puedo comprarme otro vestido hasta . . . mi sueldo.

D. Complete cada frase con palabras lógicas de la lista siguiente.

a lo largo de   al final   dar fin
llevo   sigue   de vez en vez

1. Los acomodadores encendieron las luces para . . . al concierto.
2. El público salió de la sala . . . del concierto.
3. Alberto no asiste frecuentemente a los conciertos, sino . . .
4. Yo . . . dos horas aquí esperando al médico.
5. Los estudiantes ya se han ido, pero el profesor no se da cuenta y . . . hablando.
6. La familia caminaba . . . la avenida.

El bis
Juan Bonet

A man of many talents, Juan Bonet is a painter, journalist, and writer who has produced more than twenty books, some of them novels and others collections of short stories. He writes in both Spanish and Catalan, the language spoken by many people of the province of Cataluña in Spain.

The humor of El bis *results from its exaggerated and absurd situation. A frenetic woman admirer of the famous pianist Obesky shows great appreciation for his artistic talent at a concert. For seven days and seven nights she applauds wildly and calls for encore after encore. Each time the untiring maestro obliges her with still another piece, while the polite and exhausted audience remains glued to its seats. Why does the pianist continue to play? Why doesn't the audience get up and go home?*

A María Caldentey, amiga, que dijo sí a esta narración.

El pianista, tras° levantarse y saludar°   *after / acknowledging*
con una reverencia tan sencilla como estu-
diada, se había vuelto a sentar en el
taburete,° iniciando otro *estudio.* Se trataba   *piano stool*
5 de Nicolás Obesky, pianista polaco,° archifa-   *Polish*
moso.

En la primera fila de butacas,° un tipo gordo se rascaba la barba, una barba imponente.° La barba, en los conciertos, les
10 crece hasta a los barbilampiños.°

row of seats

sensational
even grows on the beardless

Cada espectador podía escuchar el latir° de su corazón, tal era el silencio. Hasta los más pequeños relojitos, resonaban de manera impresionante en los silencios: Cuando el
15 pianista dejaba caer° sus brazos, muertos, a lo largo del cuerpo, simiescamente.°

beating

dropped
apelike

Nicolás Obesky llevaba sentado ante el gran cola° siete días, con sus siete noches, interpretando todos los *estudios* y *preludios*
20 que se han escrito a lo largo de la Historia de la Música. Incansable Maestro Obesky. Infatigable como su público, voraz e inconsciente.

grand piano

Todo había comenzado por aquella
25 admiradora, frenética y pegajosa° que cuando el Maestro dio fin a su programa, comenzó a aplaudir furiosamente como la loca rematada de los aplausos, sin parar,° arrastrando° al resto del público.

contagious

non-stop
dragging along

30 El Maestro ante la furia desatada° de la admiradora, correspondió con un *estudio*. La tipa, al final del mismo, de nuevo condujo° la tempestad de aplausos hasta el borde° del paroxismo. Y el Maestro dio otro bis. Y otro,
35 y otro, y otro . . .

unleashed

led
edge

Nadie tenía la menor noticia° de que en el mundo se hubieran escrito tantos *estudios* y *preludios* para piano.

had any idea

Así llevaban siete días, con sus noches.

40 En la alta madrugada° del primer día muchos de los asistentes al concierto habían enviado tímidos recados a la familia:

crack of dawn

—Que no me esperen para desayunar.

—Decid a mi familia que me he ido a
45 cazar° con mi compinche° Toni González.

I've gone hunting / pal

Después, mientras los *estudios* y los *preludios* y los días proseguían,° los recados se fueron convirtiendo° en mensajes del todo urgentes:

continued
were changing into

50 —Que me envíen ropa limpia y víveres°.

food

—Telegrafiad que os habéis muerto todos.

—Adiós, queridos míos. Esto es el fin.

Los acomodadores no daban abasto° y
55 se instalaron – para atender a las comandas –,
teléfonos supletorios° en todos los pasillos.°

El publico presentaba un aspecto desolador,° como de corrida mala,° en una tarde de
septiembre con frío en las gradas.

60 Muchas señoras se habían quitado los
zapatos, los corsés y se rascaban la espalda o
se la hacían rascar por el vecino de butaca, del
todo descocadas,° como náufragas° inde-
centes. Los caballeros, descorbatados,° se
65 habían quedado en mangas de camisa y mu-
chísimos, luego de convertir el frac° en almohada, se habían echado a dormir de muy des-
vergonzadas maneras. Hubo que establecer
turnos de vigilancia° en los palcos,° donde
70 ocurrían cosas gravísimas ... Muchos des-
pertaban, desganados° y con mala boca, para
aplaudir algún nuevo estudio, con la
inaudita° y temblorosa° esperanza de que
fuera, de verdad, el último ...

75 Por la sala, pequeños e improvisados
industriales,° vendían bebidas gaseosas° y
emparedados de jamón serrano a precios del
todo abusivos, y, algunos agentes de
seguros,° silenciosa pero tozudamente,° iban
80 extendiendo pólizas y cobrando las primeras
mensualidades.°

Por los palcos continuaban ocurriendo
cosas gravísimas y entre las de signo positivo
hay que contar tres señoras que dieron a luz,°
85 tres robustos varones.°

Sólo la admiradora frenética seguía igual
que al final (y verdadero comienzo) del concierto. Hierática° y traspasada° por la emoción que le transmitía la música fabricada° y
90 sudada° por el maestro Obesky. Con los ojos
en blanco° y el pecho convertido en un
fuelle,° la admiradora frenética tenía las
manos de nazareno castellano, sangrantes°
de tanto aplaudir. De vez en vez, gruesas
95 lágrimas resbalaban por sus mejillas° lleván-
dose, poso de café o fondo de torrente, los
últimos restos del maquillaje, recompuesto
incansablemente en los intervalos de los bises
del Maestro.

weren't enough to cope

supplementary / corridors

distressing / like a bad bullfight

brazen / castaways
without ties

tails (tuxedo)

guard duty / in boxes

indifferent

unheard of / shaky

businesses / soft drinks

insurance agents / stubbornly

monthly payments

gave birth
boys

pompous / transfixed
created
sweated
blank
bellows
bloody

fat tears slid down her cheeks

100   Seguían los *estudios* y *preludios*. El Maestro Obesky, genial intérprete de Chopin, Debussy y Mompou, como decían los programas de mano, estaba despeinadísimo, con los sobacos° del frac descosidos,° perdidos sus   *armholes / coming apart*
105   zapatos que eran de charol,° con la barba   *patent leather*
silvestre° y despeinada y los faldones de la   *untamed*
camisa° fuera de los pantalones, pero, con   *shirt tails*
todo, sus reverencias seguían siendo de corte
vienés,° perfectas y acabadas,° sin escatimar   *Viennese court / polished*
110   doblar el espinazo° que ya no sabía si era   *without neglecting to bend his spine*
suyo o de madera de nogal.° Su estilo, sobre   *walnut wood*
el piano, seguía siendo vibrante, poderoso, lleno de fuego, y, como se ha dicho, incansable . . .

115   —Y, ¿cómo acabó el concierto?
       —Nunca lo he sabido, compañeros. Corren° distintas versiones. Unos dicen que un   *circulate*
fulano,° desde un palco - donde ocurrían   *guy*
cosas gravísimas para el decoro de todos - le
120   disparó seis tiros° al Maestro Obesky, con un   *fired six shots*
nueve corto. El Maestro cayó redondo,° con   *fell flat on his face*
un rictus° sonriente en la boca. Otros ase-   *grimace*
guran que el Maestro sigue tocando, clausurada la temporada,° y que aún pueden   *the season ended*
125   escucharse los aplausos de su admiradora
frenética. Otros . . .
       —Y tú, ¿cómo te salvaste?
       —Por pura suerte, amigos. Yo llegué tarde al concierto y ya sabéis vosotros el
130   respeto que por ahí se tiene por la música. El portero° no me dejó entrar en la sala. Diga-   *doorman*
mos que fue una especie de milagro.

Actividades de postlectura

A. ¿A quién se refieren las siguientes frases: al público, al pianista, a la admiradora, o al narrador?

1. Llevan sentados en la sala de conciertos siete días y siete noches.
2. Se echa a dormir.
3. Es incansable.
4. Aplaude furiosamente.
5. Envía recados a casa.

6. Se rasca.
7. Le crece la barba.
8. Hace reverencias.
9. Sigue tocando.
10. No escuchó el concierto.
11. Era archifamoso.
12. Estaban descorbatados.

B. Conteste las preguntas siguientes y reconstruya el cuento con sus respuestas.

1. ¿Cómo es el pianista?
2. ¿Por qué toca tantos estudios y preludios?
3. ¿Cómo reacciona el público?
4. ¿Qué pasaba en la sala de conciertos mientras el maestro tocaba?
5. ¿Por qué no asistió al concierto el narrador?
6. ¿Por qué siguió tocando el maestro Obesky?
7. ¿Por qué pidió la admiradora otro bis y otro bis?
8. ¿Por qué no salió el público de la sala de conciertos?

C. Dividan la clase en grupos de tres o cuatro personas e inventen un final al cuento. Tengan en cuenta que el cuento es absurdo y exagerado. Piensen en qué actitud podrían tomar los personajes siguientes:

el pianista	el acomodador	la policia
el público	las familias de público	un psiquiatra

D. Temas para conversar o para escribir.

1. Expliquen Uds. la relación entre la exageración y el humor en el cuento.
2. ¿Por qué (o por qué no) se puede decir que *El bis* es el mundo en microcosmo?
3. En su opinion, ¿quiénes se adaptan a las reglas de la sociedad? ¿Por qué? ¿Quiénes no se adaptan a las reglas de la sociedad? ¿Por qué no?
4. ¿Conoce Ud. otras situaciones parecidas a la de este cuento? Cuéntelas a la clase.

San Antonio de Oriente, *1972, por José Antonio Velásquez (1906–1983), Honduras. Museum of Modern Art of Latin America, Washington, D.C. Photo by Angel Hurtado.*

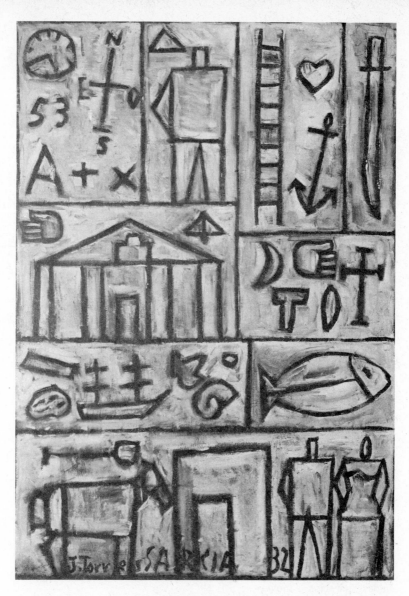

Composición, *1932, por Joaquin Torres-García
(1874–1949), Uruguay. Collection, The Museum of
Modern Art, New York.*

Capítulo V

Guerras escondidas

Not all wars take place on a battlefield, nor do all of them involve armed conflict. Nonetheless, these smaller, "hidden" wars can be brutal and devastating. The two "wars" in this section take place within a circumscribed setting: one in a small town in Colombia, and the other within a family. There are neither winners nor losers; only bitterness and vengeance.

---

11. Un día de éstos
Gabriel García Márquez

Vocabulario

Antes de realizar los ejercicios de prelectura, estudie las siguientes palabras y expresiones.

Palabras parecidas

Sustantivos	Verbos	Adjetivos	Adverbios
el botón	inclinar	anterior	extremadamente
la desesperación	mover		
el municipio	respirar		
la pausa	temblar		
el rencor			

Palabras engañosas

inferior lower; inferior
retirar to remove, take away, withdraw; to retire
suave gentle, smooth, soft
el título college or professional degree; title

Palabras nuevas

el alcalde mayor
Las elecciones para alcalde de la ciudad fueron muy duras.

la fresa dentist's drill (regional usage)
No me gusta sentir la fresa en la boca.

la lágrima tear
El dolor hizo que una lágrima corriera por su rostro, pero él no dijo nada.

la mejilla cheek
En su rostro había una expresión de dolor y se podían ver lágrimas en sus mejillas.

la muela molar (tooth)
El alcalde fue al dentista porque tenía un dolor de muelas.

la muñeca wrist
Lucas cogió a su hijo por la muñeca para cruzar la calle.

el oro gold
El oro es un metal muy caro que brilla.

la sala de espera waiting room
La sala de espera estaba llena de gente leyendo revistas.

el suspiro sigh
Mariana dio un suspiro y trató de contener sus lágrimas.

la ternura tenderness
La abuela miró con ternura al nieto antes de acostarlo.

abotonarse to button up
En invierno hay que abotonarse bien el abrigo para no tener frío en la calle.

apoyar to lean, rest, support
Estaba cansado. Apoyó la cabeza en las manos y cerró los ojos.

apresurarse to hurry
A las ocho de la mañana todo el mundo se apresura en las calles hacia su trabajo.

dirigirse to go to
Usted tiene que dirigirse a la oficina principal.

hervir to boil
Para hervir bien un huevo hay que ser un buen cocinero.

pegar un tiro to shoot
Las películas de policías son horribles. Siempre están pegando tiros y son muy violentas.

secar to dry
La ropa ya está lavada. Ahora hay que dejarla secar.

suspirar to sigh
Las personas mayores suspiran cuando recuerdan su juventud.

dolorido / a painful
Cuando el dentista tocó el diente dolorido, el hombre lanzó un grito.
hinchado / a swollen
Tenía la mejilla hinchada por el absceso en el diente.

Expresiones

a través de across, through
ponerse de pie to stand up
por hacer still or yet to be done

Actividades de prelectura

Para la realización de los ejercicios siguientes, es necesario conocer el vocabulario y las expresiones presentadas en la sección anterior.

A. Escoja la palabra o la expresión apropiada para completar las frases.

1. El asesino sacó su pistola y . . .
   a) dio un suspiro   b) le pegó un tiro   c) lo arrestó
2. Un reflejo involuntario es . . .
   a) respirar   b) pararse   c) dirigirse
3. Ella lloraba silenciosamente, pero se notaban . . .
   a) las mejillas   b) los suspiros   c) las lágrimas
4. La madre acarició a su hijo y le habló con . . .
   a) rencor   b) ternura   c) envidia
5. Tenía tanto miedo que empezó a . . .
   a) hervir   b) roncar   c) temblar
6. Después de bañarse, hay que . . .
   a) secarse   b) reírse   c) apresurarse
7. El hombre llevaba un reloj de oro en . . .
   a) la mandíbula   b) la mejilla   c) la muñeca

B. Complete la segunda frase en cada par con un sinónimo de la palabra en cursiva.

1. El alcalde *se fue* a su oficina. . . . allí para poder trabajar.
2. ¡Claro que es una pulsera de un *metal valioso*! Es de . . . .
3. Todavía tengo mucho trabajo *sin terminar.* Tengo mucho . . . .
4. —¿Por qué *tienes* tanta *prisa?* —Tengo que . . . porque es tarde.
5. Ese hombre es un *oficial del municipio.* Es el . . . .
6. —¿Vas *por* el centro? —Sí, tengo que ir . . . centro para llegar más rápidamente.

C. Complete la segunda frase en cada par con el verbo que se relacione con la palabra en cursiva.

1. ¡Miguelito tiene la camisa *abotonada* y nadie le ayudó a . . . !
2. Me gusta tener la cabeza *apoyada* en tu hombro. ¿Puedo . . . la?
3. A la abuela se le escapan grandes *suspiros*. Siempre . . . cuando recuerda otros tiempos.
4. Se me ha *secado* el pelo al aire. No me gusta . . . lo con un secador.
5. Prefiero los huevos *hervidos*. Para . . . los necesitarás agua y una olla.
6. Mi directora nunca camina *apresuradamente*. Ella cree que . . . es malo para la salud.

Un día de éstos
Gabriel García Márquez

The recipient of the 1982 Nobel Prize for Literature, Gabriel García Márquez is undoubtedly the best-known contemporary South American writer. He started his writing career as a newspaper reporter in his native Colombia. In 1967, he achieved world fame with his novel Cien años de soledad, *which appeared in English as* One Hundred Years of Solitude *and has been translated into more than thirty languages.*

García Márquez has written many short stories, including Un día de éstos, *which takes place in an unnamed South American country. Its background is "la violencia" that began in Colombia in 1948 and continued for more than a decade. About 200,000 people died in the conflict between liberals and conservatives that pitted brother against brother, neighbor against neighbor.* Un día de éstos *presents the reader with "la violencia" in microcosm.*

El lunes amaneció tibio° y sin lluvia. Don Aurelio Escovar, dentista sin título y buen madrugador,° abrió su gabinete° a las seis. Sacó de la vidriera° una dentadura postiza°
5 montada aún en el molde de yeso° y puso sobre la mesa un puñado° de instrumentos que ordenó de mayor a menor, como en una exposición. Llevaba una camisa a rayas° sin cuello, cerrada arriba con un botón dorado, y
10 los pantalones sostenidos con cargadores° elásticos. Era rígido, enjuto,° con una mirada que raras veces correspondía a la situación, como la mirada de los sordos.
Cuando tuvo las cosas dispuestas sobre
15 la mesa rodó° la fresa hacia el sillón de resortes° y se sentó a pulir° la dentadura postiza. Parecía no pensar en lo que hacía, pero

warm

early riser / office
cabinet / set of false teeth
plaster
handful

striped

suspenders
lean

he rolled
dentist's chair / polish

trabajaba con obstinación, pedaleando[pedalling?] en la
fresa incluso cuando no se servía de ella.

20 Después de las ocho hizo una pausa para
mirar el cielo por la ventana y vio dos gallina-
zos° pensativos que se secaban al sol en el   *buzzards*
caballete° de la casa vecina. Siguió traba-   *roof ridge*
jando con la idea de que antes del almuerzo
25 volvería a llover. La voz destemplada° de su   *loud*
hijo de once años lo sacó de su abstracción.
      —Papá.
      —Qué.
      —Dice el alcalde que si le sacas una
30 muela.
      —Dile que no estoy aquí.
      Estaba puliendo[polish] un diente de oro. Lo
retiró a la distancia del brazo y lo examinó
con los ojos a medio cerrar.° En la salita de   *half-closed*
35 espera volvió a gritar su hijo.
      —Dice que sí estás porque te está
oyendo.
      El dentista siguió examinando el diente.
Sólo cuando lo puso en la mesa con los traba-
40 jos terminados, dijo:
      —Mejor.
      Volvió a operar la fresa[drill]. De una cajita de
cartón° donde guardaba las cosas por hacer,   *cardboard box*
sacó un puente de varias piezas y empezó a
45 pulir el oro.
      —Papá.
      —Qué.
      Aún no había cambiado de expresión.
      —Dice que si no le sacas la muela te pega   shoot you
50 un tiro.
      Sin apresurarse[hurry], con un movimiento
extremadamente tranquilo, dejó de pedalear
en la fresa, la retiró del sillón y abrió por completo la gaveta inferior° de la mesa. Allí   *lower drawer*
55 estaba el revólver.
      —Bueno— dijo. —Dile que venga a
pegármelo.
      Hizo girar° el sillón hasta quedar de   *he turned*
frente a la puerta, la mano apoyada en el
60 borde° de la gaveta[drawer]. El alcalde apareció en el   *edge*
umbral.° Se había afeitado la mejilla   *threshold*
izquierda, pero en la otra, hinchada[swollen] y
dolorida, tenía una barba de cinco días. El
dentista vio en sus ojos marchitos° muchas   *exhausted*

65 noches de desesperación. Cerró la gaveta con
la punta de los dedos y dijo suavemente:
—Siéntese.
—Buenos días— dijo el alcalde.
—Buenos— dijo el dentista.

70 Mientras hervían los instrumentos, el
alcalde apoyó el cráneo en el cabezal° de la   *headrest*
silla y se sintió mejor. Respiraba un olor gla-
cial. Era un gabinete pobre: una vieja silla de
madera, la fresa de pedal, y una vidriera con
75 pomos de loza.° Frente a la silla, una ventana   *porcelain bottles*
con un cancel de tela° hasta la altura de un   *cloth curtain*
hombre. Cuando sintió que el dentista se
acercaba, el alcalde afirmó los talones° y   *dug in his heels*
abrió la boca.

80 Don Aurelio Escovar le movió la cara
hacia la luz. Después de observar la muela
dañada,° ajustó la mandíbula° con una caute-   *bad / jaw*
losa presión de los dedos.
—Tiene que ser sin anestesia— dijo.
85 —¿Por qué?
—Porque tiene un absceso.
El alcalde lo miró en los ojos.
—Está bien— dijo, y trató de sonreír. El
dentista no le correspondió. Llevó a la mesa
90 de trabajo la cacerola° con los instrumentos   *pot*
hervidos y los sacó del agua con unas pinzas°   *clamps*
frías, todavía sin apresurarse. Después rodó
la escupidera° con la punta del zapato y fue a   *spittoon*
lavarse las manos en el aguamanil.° Hizo   *wash basin*
95 todo sin mirar al alcalde. Pero el alcalde no lo
perdió de vista.

Era una cordal inferior.° El dentista   *lower wisdom tooth*
abrió las piernas y apretó la muela con el
gatillo° caliente. El alcalde se aferró a las   *forceps*
100 barras de la silla,° descargó toda su fuerza en   *grabbed the arms of the*
los pies y sintió un vacío helado en los   *chair*
riñones,° pero no soltó un suspiro. El den-   *kidneys*
tista sólo movió la muñeca. Sin rencor, más
bien con una amarga° ternura, dijo: *bitter*
105 —Aquí nos paga veinte muertos,
teniente.

El alcalde sintió un crujido° de huesos en   *crunch*
la mandíbula y sus ojos se llenaron de lágrimas. Pero no suspiró hasta que no sintió salir
110 la muela. Entonces la vio a través de las lágrimas. Le pareció tan extraña a su dolor, que no

pudo entender la tortura de sus cinco noches
anteriores. Inclinado sobre la escupidera,
sudoroso,° jadeante,° se desabotonó la gue-   *sweaty / panting*
115 rrera° y buscó a tientas° el pañuelo en el   *military jacket / blindly*
bolsillo del pantalón. El dentista le dio un
trapo° limpio.   *rag*
    —Séquese las lágrimas— dijo.
    El alcalde lo hizo. Estaba temblando.
120 Mientras el dentista se lavaba las manos, vio
el cielorraso desfondado° y una telaraña   *cracked ceiling*
polvorienta° con huevos de araña° e insectos   *dusty spiderweb /*
muertos. El dentista regresó secándose las   *spider*
manos. —Acuéstese— dijo —y haga buches
125 de agua de sal°—. El alcalde se puso de pie, se   *gargle with salt water*
despidió con un displicente° saludo militar, y   *casual*
se dirigió a la puerta estirando las piernas, sin
abotonarse la guerrera.
    —Me pasa la cuenta— dijo.
130   —¿A usted o al municipio?
    El alcalde no lo miró. Cerró la puerta, y
dijo, a través de la red metálica:°   *screen*
    —Es la misma vaina°.   *one and the same*
    (thing)

Actividades de postlectura

A. Recuente la historia que acaba de leer con sus propias palabras.
Lea las líneas impares (1, 3, 5, etc.) y complete la idea dando una o
más frases para las líneas pares (2, 4, 6, etc.).

1. El lunes amaneció tibio y sin lluvia.
2. . . .
3. El dentista pulía una dentadura postiza.
4. . . .
5. El hijo del dentista le dice: —Dice el alcalde que si le sacas
una muela.
6. . . .
7. El hijo del dentista le dice: —Dice que sí estás porque te está
oyendo.
8. . . .
9. El hijo del dentista le dice: —Dice que si no le sacas la muela
te pega un tiro.
10. . . .
11. Allí estaba el revólver.
12. . . .
13. El alcalde apareció en el umbral.
14. . . .
15. El alcalde abrió la boca.

16. . . .
17. —Está bien— dijo el alcalde, y trató de sonreír.
18. . . .
19. —Aquí nos paga veinte muertos, teniente.
20. . . .
21. —Séquese las lágrimas.
22. . . .
23. —Me pasa la cuenta.
24. . . .

B. Lea bien las siguientes líneas del cuento y conteste las preguntas que las siguen.

1. —"Dile que no estoy aquí."
   ¿Por qué dice el dentista que no está en su gabinete cuando sí está?
2. —"Dice que si no le sacas la muela te pega un tiro".
   ¿Cree Ud. que el alcalde le pegaría un tiro al dentista? Explique su respuesta.
3. ". . . abrió por completo la gaveta inferior de la mesa."
   ¿Por qué abrió el dentista la gaveta?
4. "Cerró la gaveta con la punta de los dedos. . ."
   ¿Cuándo cerró el dentista la gaveta abierta? ¿Por qué la cerró?
5. —"Tiene que ser sin anestesia—
   —¿Por qué?
   —Porque tiene un absceso."
   ¿Es verdad lo que dice el dentista? ¿Por qué lo dice?
6. "Pero el alcalde no lo perdió de vista."
   ¿Por qué mira el alcalde tanto al dentista en vez de cerrar los ojos?
7. —"Aquí nos paga veinte muertos, teniente."
   ¿Qué significan estas palabras? ¿Por qué le dice "teniente" en vez de "señor" o "alcalde"?
8. —"¿A Ud. o al municipio?"
   ¿Qué quieren decir esas palabras del dentista?
9. —"Es la misma vaina."
   ¿Cómo se puede explicar que el municipio y el alcalde sean la misma vaina?

C. Temas para conversar o para escribir

1. Exponga los elementos que en el cuento indican el estado de pobreza del pueblo y sus habitantes.
2. Explique la venganza del dentista.
3. Explique el significado del título del cuento.
4. Comente la forma en que el autor desarrolla la tensión en el cuento.

12. La guerra y la paz
Mario Benedetti

Vocabulario

Antes de realizar los ejercicios de prelectura, estudie las siguientes palabras y expresiones.

Palabras parecidas

Sustantivos	Verbos	Adjetivos
la adolescencia	abandonar	amplio / a
el corresponsal	asaltar	autoritario / a
el divorcio	ceder	desorientado / a
el entusiasmo	invadir	discreto / a
el espasmo	murmurar	entero / a
la indignidad	preferir	inmóvil
la separación	prevalecer	materno / a
		paterno / a

Palabras engañosas

las acciones stocks; actions
la cólera anger
incorporarse to sit up (from a reclining position)
precisar to need

Palabras nuevas

los bienes property
En su testamento el señor González dejó todos sus bienes a la iglesia.
la calva bald spot, baldness
Ramón se cubre la calva con un sombrero cuando hace frío.
el estorbo hindrance, nuisance
Mi marido ha comprado una mesa que es un estorbo en la casa porque no sirve para nada.
la frente forehead
Ella se puso una crema en la nariz, las mejillas y la frente para no quemarse al sol.
la pavada foolishness, nonsense, stupid remark
Nadie hace caso a las pavadas que dicen los niños.
la pluma feather
Todos los sombreros de la Sra. Medina tienen plumas de pájaros exóticos.
el título hipotecario mortgage deed
En este título hipotecario dice que el Sr. Pérez deberá pagar un millón de pesetas en un año o perderá su casa.

disfrutar (de) to enjoy
El próximo verano queremos disfrutar de unas vacaciones en Acapulco.

fastidiar to annoy, bother, upset
A mi hermana le fastidia que yo toque el piano cuando ella habla por teléfono.

galantear to flirt
Maruja siempre galantea cuando habla con Ramón. Debe estar enamorada de él.

juntar to unite, join, bring together
Voy a dar una fiesta en casa para juntar a todos mis amigos.

sobrevivir to survive
Es difícil sobrevivir una guerra.

ajeno / a outside, alien
Solamente sus parientes estuvieron allí. No había ninguna persona ajena a la familia.

acometido / a (por) attacked, overcome
Volvió a su trabajo, acometido por el temor de no acabarlo a tiempo.

amistoso / a friendly
La actitud de Pablo no es amistosa; es hostil.

imprescindible essential, indispensable
No hay nadie imprescindible en este mundo.

ronco / a hoarse
De tanto gritar y hablar estoy ronca.

Expresiones

a esta altura at this point
el examen perdido a failed exam
entrar en juego to come into play
por encima de todo above all else

Actividades de prelectura

Para la realización de los ejercicios siguientes, es necesario conocer el vocabulario y las expresiones presentadas en la sección anterior.

A. Complete cada una de las frases siguientes con dos de las tres palabras entre paréntesis para dar un sentido lógico.

1. (asaltar, galantear, invadir)
En una *guerra* un adversario trata de . . . o . . . al otro.

2. (las pavadas, las acciones, los títulos hipotecarios)
   Un matrimonio que quiere divorciarse tiene que dividir sus
   bienes como el dinero, . . . y . . . .

3. (la frente, la calva, la pluma)
   El padre tiene una *cabeza* grande con . . . alta y . . . creciente.

4. (entusiasmado, amistoso, inmóvil)
   Juan era un muchacho *feliz,* . . . , y siempre parecia . . . con
   cualquier cosa nueva.

5. (materno, paterno, ajeno)
   Ellos hablaban de todos sus *parientes,* los . . . y los . . . .

6. (amplio, importante, imprescindible)
   Según los padres, las apariencias están *por encima de todo;* no
   hay nada que sea más . . . o . . . .

B. Elija el sinónimo para completar cada frase.

1. Ella le estaba diciendo cuánto le *fastidiaba* la persona que
   tenían frente a ellos.
   a) molestaba
   b) asaltaba
   c) alegraba

2. Mi padre tenía una cara muy distinta a la que ponía frente a
   mis *exámenes perdidos.*
   a) exámenes con una nota buena
   b) exámenes con una nota mala
   c) exámenes que no tomó

3. Yo era un *corresponsal* de guerra.
   a) general
   b) soldado
   c) periodista

4. *A esta altura* el tema había ganado en precisión.
   a) en este lugar
   b) ahora
   c) en las alturas

5. Yo me sentí *acometido por* una sensación de malestar.
   a) desorientado por
   b) entusiasmado por
   c) lleno de

6. Sus padres lo trataron como si fuera un *estorbo.*
   a) una molestia
   b) un adolescente
   c) una pluma

7. Entonces entraron dos autos *en juego.*
   a) en el parque
   b) en la discusión
   c) en el partido

8. El adolescente *sobrevivió* la guerra de sus padres.
   a) se murió a causa de
   b) participó en
   c) sigue vivo a pesar de

La guerra y la paz
Mario Benedetti

Poet, essayist, novelist, short story writer, and political activist, Mario Benedetti is one of South America's foremost contemporary authors. He is currently living in Spain, an exile from his native Uruguay.

One of Benedetti's major themes is the thinking and behavior of urban dwellers. The teenage narrator of La guerra y la paz *witnesses the scene between his parents that precedes their separation agreement. How does this affect the adolescent? Where or how does he fit into the changing pattern of family life?*

Cuando abrí la puerta del estudio, vi las ventanas abiertas como siempre y la máquina de escribir destapada° y sin embargo pre-   *uncovered*
gunté: —¿Qué pasa?—. Mi padre tenía un aire
5 autoritario que no era el de mis exámenes perdidos. Mi madre era asaltada por espasmos
de cólera que la convertían en una cosa inútil.
Me acerqué a la biblioteca y me arrojé en° el   *throw myself into*
sillón verde. Estaba desorientado, pero a la
10 vez me sentía misteriosamente atraído por el
menos maravilloso de los presentes. No me
contestaron, pero siguieron contestándose.
Las respuestas, que no precisaban el estímulo
de las preguntas para saltar° y hacerse añi-   *burst forth*
15 cos,° estallaban° frente a mis ojos, junto a   *shatter / exploded*
mis oídos. Yo era un corresponsal de guerra.
Ella le estaba diciendo cuánto le fastidiaba la
persona ausente de la Otra.° Qué importaba   *the Other Woman*
que él se olvidara de su ineficiente matrimo-
20 nio, del decorativo, imprescindible ritual de la
familia. No era precisamente eso, sino la
ostentación desfachatada,° la concurrencia al   *shameless*
Jardín Botánico llevándola del brazo, las
citas en el cine, en las confiterías.° Todo para   *cafés*
25 que Amelia, claro, se permitiera luego aconsejarla con burlona piedad (justamente ella, la
buena pieza) acerca de ciertos límites de

algunas libertades. Todo para que su her-
mano disfrutara° recordándole sus antiguos   *might enjoy*
30 consejos prematrimoniales, justamente él, el
muy cornudo,° acerca de la plenaria° indigni-   *cuckolded / complete*
dad de mi padre. A esta altura el tema había
ganado en precisión y yo sabía aproxi-
madamente qué pasaba. Mi adolescencia se
35 sintió acometida por una leve sensación de
estorbo y pensé en levantarme. Creo que
había empezado a abandonar el sillón. Pero,
sin mirarme, mi padre dijo: —Quédate—.
Claro, me quedé. Más hundido° que antes en   *sunk deeper*
40 el pullman° verde. Mirando a la derecha   *armchair*
alcanzaba a distinguir la pluma del sombrero
materno. Hacia la izquierda, la amplia frente
y la calva paternas. Estas se arrugaban y ali-
saban alternativamente, empalidecían° y   *became pale*
45 enrojecían° siguiendo los tirones° de la   *reddened / tugs*
respuesta, otra respuesta sola, sin pregunta.
Que no fuera falluta.° Que si él no había chis-   *two-faced (slang)*
tado° cuando ella galanteaba con Ricardo,   *said anything*
no era por cornudo sino por discreto, porque
50 en el fondo la institución matrimonial estaba
por encima de todo y había que tragarse° las   *to swallow*
broncas° y juntar tolerancia para que   *aggravations*
sobreviviese. Mi madre repuso que no dijera
pavadas, que ella bien sabía de dónde venía
55 su tolerancia.
    De dónde, preguntó mi padre. Ella dijo
que de su ignorancia; claro, él creía que ella
solamente coqueteaba con Ricardo y en realidad se acostaba con él. La pluma se balanceó
60 con gravedad, porque evidentemente era un
golpe tremendo. Pero mi padre soltó una
risita° y la frente se le estiró,° casi gozosa.   *gave a little laugh / smoothed out*
Entonces ella se dio cuenta de que había fra-
casado,° que en realidad él había aguardado   *failed*
65 eso para afirmarse mejor, que acaso siempre
lo había sabido, y entonces no pudo menos
que desatar unos sollozos° histéricos y la   *sobs*
pluma desapareció de la zona visible. Lentamente se fue haciendo la paz. Él dijo que
70 aprobaba,° ahora sí, el divorcio. Ella que no. *approved*
No se lo permitía su religión. Prefería la
separación amistosa, extraoficial,° de cuer-   *unofficial*
pos y de bienes. Mi padre dijo que había otras
cosas que no permitía la religión, pero acabó

75 cediendo. No se habló más de Ricardo ni de la
Otra. Sólo de cuerpos y de bienes. En especial, de bienes. Mi madre dijo que prefería la
casa del Prado. Mi padre estaba de acuerdo:
él también la prefería. A mí me gusta más la
80 casa de Pocitos. A cualquiera le gusta más la
casa de Pocitos. Pero ellos querían los gritos,
la ocasión del insulto. En veinte minutos la
casa del Prado cambió de usufructuario° seis — *ownership*
o siete veces. Al final prevaleció la elección de
85 mi madre. Automáticamente la casa de Pocitos se adjudicó a mi padre. Entonces
entraron dos autos en juego. Él prefería el
Chrysler. Naturalmente, ella también. También aquí ganó mi madre. Pero a él no pareció
90 afectarle; era más bien una derrota° táctica. — *defeat*
Reanudaron la pugna° a causa de la chacra,° — *they resumed the*
de las acciones de Melisa, de los títulos hipo- — *fight / farm*
tecarios, del depósito de leña. Ya la oscuridad
invadía el estudio. La pluma de mi madre,
95 que había reaparecido, era sólo una silueta
contra el ventanal. La calva paterna ya no
brillaba. Las voces se enfrentaban roncas,
cansadas de golpearse; los insultos, los
recuerdos ofensivos, recrudecían° sin pasión, — *flared up*
100 como para seguir una norma impuesta por
ajenos. Sólo quedaban números, cuentas° en — *accounts*
el aire, órdenes a dar. Ambos se incorporaron,
agotados° de veras,° casi sonrientes. Ahora — *worn out / truly*
los veía de cuerpo entero. Ellos también me
105 vieron, hecho° una cosa muerta en el sillón. — *like*
Entonces admitieron mi olvidada presencia y
murmuró mi padre, sin mayor entusiasmo: —
"Ah, también queda éste"—. Pero yo estaba
inmóvil, ajeno, sin deseo, como los otros
110 bienes gananciales.° — *joint properties*

Actividades de postlectura

A. ¿Quién dice o piensa las siguientes líneas: el padre, la madre, o el
adolescente?

1. ¿Qué pasa?
2. . . . me sentía misteriosamente atraído por el menos maravilloso de los presentes.
3. Qué importaba que él se olvidara de su ineficiente matrimonio, del decorativo, imprescindible ritual de la familia.

4. Todo para que Amelia, claro, se permitiera luego aconsejarla acerca de ciertos límites de algunas libertades.
5. Quédate.
6. Que no fuera falluta.
7. ... en el fondo la institución matrimonial estaba por encima de todo ....
8. Pero ellos querían los gritos, la ocasión del insulto.
9. Prefería la separación amistosa, extraoficial, de cuerpos y de bienes.
10. Ah, también queda éste.

B. Conteste las preguntas siguientes y reconstruya con sus respuestas el argumento del cuento.

1. Por qué no le contestan los padres cuando el adolescente les pregunta —¿Qué pasa?
2. ¿Por qué dice el adolescente—"Yo era un corresponsal de guerra"?
3. ¿Qué acusación le dirige la madre al padre?
4. ¿De qué acusa el padre a la madre?
5. Según la madre, ¿cuál es la obligación del matrimonio?
6. ¿Qué perspectiva tiene el padre del matrimonio? ¿Hay algún conflicto entre los conceptos de los padres?
7. ¿En qué consiste la paz del cuento?
8. ¿Se sabe con cuál de los padres va a vivir el adolescente?

C. Prepare una presentación oral o escrita, dando la opinión del hijo sobre lo que pasó en el estudio. Puede ser un diálogo con los padres, y entonces se necesitarán a otras dos personas de la clase para hacer los tres papeles. O puede ser otro final a la historia a partir de las palabras del padre: —"Ah, también queda éste."

D. Temas para conversar o para escribir

1. Explique las estrategias de la guerra y de la paz en este cuento.
2. Describa cómo la presencia del adolescente-narrador intensifica el efecto del cuento.
3. Comente el efecto en el lector de la técnica empleada por el autor que consiste en contar toda la historia en sólo dos párrafos largos. ¿Crea más o menos tensión en la historia?

Muro para defenderse del miedo, 1981 *por Arcadio Blasco (1928), Mutxamel-Alicante, España. Por cortesía del autor y de Galería Novart, Madrid*

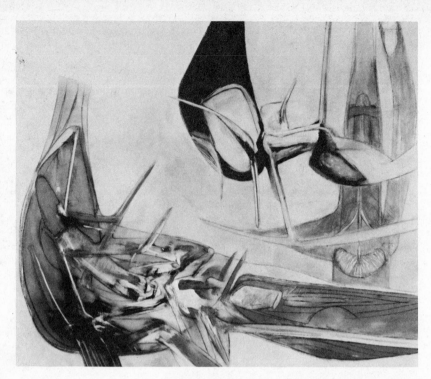

Hermala No. 2, *1948, por Roberto Matta (1918-), Chile. Museum of Modern Art of Latin America, Washington, D.C. Photo by Angel Hurtado.*

El clan, *1958, por Roberto Matta (1912-), Chile. Hirshhorn Museum and Sculpture Gallery, Smithsonian Institution.*

Capítulo VI

Asuntos de familia

Although the Hispanic family is normally close-knit, loving, and a major part of the individual's life, it is not without its preoccupations and conflicts. Each of the two stories in this chapter deals with a brief incident, each includes three generations of a family, and each presents a conflict that results from parental expectations that do not coincide with the attitudes of the younger generation.

---

13. Blue-jean
David Valjalo

Vocabulario

Antes de realizar los ejercicios de prelectura, estudie las siguientes palabras y expresiones.

Palabras parecidas

Sustantivos	Verbos	Adjetivos
el caso	castigar	práctico / a
el criterio	permitir	privado / a
el impulso	tender	quieto / a
la ira	transformarse	
el refugio		
el vehículo		

Palabras engañosas

el colegio school (elementary or secondary)
la diligencia business, job, errand, task
introducir to insert
superior upper (escuela superior = high school)

Palabras nuevas

el capricho whim, caprice
Rosa gasta todos sus ahorros en caprichos. Nunca compra nada práctico.

el castigo punishment
Los castigos nunca deben ser físicos.

el golpe blow, hit, knock
El viento cerró la puerta con un golpe que se oyó en toda la casa.

el ingreso entrance, admission
Para aprobar el ingreso a una universidad se deben tener buenas notas.

la llave key
No puedo abrir la puerta del coche porque perdí la llave.

el llavero key holder
Es fácil perder las llaves si no están en un llavero.

el malestar uneasiness, discomfort
Todos sus amigos sintieron un gran malestar cuando Paco empezó a gritar.

la molestia bother, annoyance
Es una gran molestia tener que conducir dos horas para llegar al trabajo.

la ubicación location, position
La ubicación exacta de mi casa se ve claramente en este mapa.

aprovechar(se) (de) to take advantage (of)
Los ladrones se aprovecharon del ruido de la fiesta para entrar en la casa.

atreverse a (+ inf.) to dare (to do something)
No me atrevo a nadar en el río porque el agua es muy profunda.

dirigirse a (+ noun) |to go, head towards; to speak to
Después de sus clases, Marta se dirigió a casa.
Al hablar, el padre se dirigió a sus hijos.

golpear to hit, knock
Los padres castigaron a su hijo por haber golpeado a otro chico.

lograr to reach, attain, achieve
Para lograr sus metas, Alfonso luchó día y noche.

matricularse to register (for school)
Este año mi hermano se matriculó por primera vez en la universidad.

negarse a (+ inf.) to refuse (to do something)
Mi padre se negó a pagar la matrícula en la universidad.

permanecer to remain, stay
Los chicos no quieren permanecer ni un día extra en la escuela.

ambos / as both

Laura y José fueron al cine. Ambos dijeron que la película era excelente.

deportivo / a sport (*adj.*), sporty, sporting

Para la cena del domingo puedes llevar una chaqueta deportiva porque será una cena familiar.

injusto / a unfair, unjust

Pilar pensó que era injusto que a ella no la enviaran sus padres a la escuela.

voluntarioso / a willful

Ernesto es de ese tipo de personas voluntariosas que siempre logra hacer todo lo que se propone.

Expresiones

a la fuerza by force
dar rienda suelta a to give free rein to
de esta manera in this way
de más extra
de menos less
de otra manera in another way
es el colmo it's the limit
hacerse cargo de to take charge of
hacerle daño (a alguien) to hurt (someone)

Repaso de expresiones de lugar

atrás behind	*hacia afuera* outside, outward
entre between, among	*hacia arriba* upward
frente a facing, opposite	*hacia un costado* toward one side

Actividades de prelectura

Para la realización de los ejercicios siguientes, es necesario conocer el vocabulario y las expresiones presentadas en la sección anterior.

A. Ponga los sustantivos y los verbos en el lugar apropiado en las frases. Conjugue los verbos según convenga en cada caso.

   1. (golpe, golpear)
     —¿Oíste un . . . en la puerta? —Sí, ¿quién estará . . . ?
   2. (ingreso, ingresar)
     Los chicos . . . a la escuela superior mañana y están muy entusiasmados por su . . . .
   3. (castigo, castigar)
     ¡Pobrecito! Sus padres lo van a . . . . Espero que el . . . no sea duro.

4. (tendencia, tender)
   Los chicos . . . a hacer esas cosas. Es una . . . normal.
5. (transformación, transformarse)
   —¡Qué . . . ! Esa chica . . . en una belleza.
6. (permiso, permitir)
   —¿Me . . . sentarme aquí? —Sí, le doy mi . . . .
7. (intento, intentar)
   El padre . . . hablar con su hijo, pero sus . . . fueron inútiles.
8. (molestia, molestar)
   —Disculpe la . . . , por favor. —Está bien. Los chicos no me. . . .
9. (ubicación, ubicar)
   Nosotros tenemos que . . . las palabras dentro de las frases. Esperamos que la . . . sea apropiada.
10. (matriculación, matricularse)
    Si Ud. no paga la . . . , no puede . . . .

B. Escoja los sinónimos de la lista a la derecha que sustituyan correctamente a las palabras en cursiva.

1. Todos quieren *obtener* sus objetivos.	el malestar
2. Hay que *utilizar* todas las oportunidades.	lograr
3. El hombre *se fue* al coche.	aprovechar
4. El hijo *no quiso* salir.	ambas
5. Los padres *se quedaron* afuera.	permanecer
6. Conozco a *las dos* mujeres.	dirigirse
7. Se notaba *la molestia* de la abuela.	negarse a

C. Complete cada frase con una de las expresiones siguientes. Use la forma apropiada de los verbos cuando sea necesario.

a la fuerza	es el colmo
dar rienda suelta	hacerle daño
de más	hacerse cargo de
de otra manera	

Matilde . . . a sus pensamientos y recordó todo cuanto había ocurrido la noche anterior en la fiesta. Ahora comprendía que ella estaba . . . allí y que nunca debía haber aceptado la invitación. Ella . . . la situación, comprendía que Juan tuvo que invitar . . . a su hermano porque la fiesta era en casa de sus padres. Pero Juan no sabía que aquella invitación iba a . . . a ella. Sí, seguro que él no sabía lo que ocurrió entre su hermano y ella hace un año. Si Juan lo hubiera sabido, todo hubiera sido . . . . Ella recordó las últimas palabras de Juan la noche anterior: "¡Esto . . . !, invito a mi hermano a la fiesta y él se atreve a molestarte y a crear un gran malestar. ¡Su comportamiento fue muy injusto!"

Blue-jean
David Valjalo

Born in Chile, the playwright, poet, and short story writer David Val-
jalo presently resides in California.

Blue-jean *is a story of adolescent rebellion and conformity. As the*
father attempts to cope with these conflicting emotions in his son, he
recalls his own formative years.

¿Fue su primer impulso salir del vehículo
y, junto con castigar a su hijo, introducirlo
violentamente en el automóvil?

Aparte de llevar a los miembros de su
5 familia a la escuela superior, tenía que revisar
numerosos informes° y visitar algunas con-   *reports*
strucciones. El tiempo, en esa mañana, lo
tenía contado.°   *every minute counted*

Sin embargo, permaneció en su sitio,
10 frente al volante.° Dio, con precisión, un   *steering wheel*
golpe al llavero. Éste colgaba° de la llave que   *the latter hung*
estaba introducida en el orificio de contacto.
Se iniciaron así oscilaciones a voluntad de su
dedo índice.

15 Permaneció largo tiempo, preocupándose
del manojo° metálico, cuando éste tendía a   *handful*
detenerse.°   *stop swinging*

El muchacho se había encerrado° en el   *locked himself*
cuarto de baño y se negaba a salir. Su deseo
20 inicial se había transformado en voluntarioso
capricho. Al momento de concurrir° a la   *going*
escuela, su madre lo había reprendido° por no   *reprimanded*
haberse cambiado su "blue-jean".

—Miren qué ocurrencia, ir a matricularse
25 con esa facha.° ¿Qué va a decir la gente?   *looking like that*

Y lo tomó bruscamente del brazo, hacién-
dole daño. Quiso explicar que todos los niños
vestían así, por muy importante que fuera el
lugar a donde iban; que era la moda y que,
30 según su criterio, aunque fuera hijo del señor
ingeniero municipal, podía permitirse ese
deseo.

Pero la madre, arreglada como para ir a
una fiesta, no pensaba así, silenciando su ale-
35 gato° al agregar° nuevas frases, que por   *plea / on adding*
repetidas, ya conocía de memoria. Cuando
agregaba "es el colmo", seguido de "y ade-
más, flojo,"° quería decir que impondría su   *poor taste*
voluntad a la fuerza.

40   Se introdujo nuevamente en la casa, diri-
giéndose al cuarto de baño y con doble ce-
rrojo° evitaría que lo despojaran° de sus   lock / deprive
deportivos y prácticos pantalones.

      En el automóvil permanecía el padre,
45 moviendo su llavero que oscilaba; la abuela
que quería presenciar su ingreso a la escuela
superior, sus dos hermanos menores que, por
mandato, deberían aprovechar la oportunidad de conocer el edificio en el que se edu-
50 carían en el futuro; mientras la madre,
alternaba gritos y golpes en la puerta del
refugio con caminatas hasta el automóvil . . .

      Ésta dio por fin,° después de varios   gave up
intentos, terminadas sus diligencias,
55 tomando asiento en la parte posterior del
vehículo y al momento de posar° sus aún   settle
jóvenes nalgas, había dicho a su marido:

      —A ti te lo dejo. Hazte cargo de él.

      Era su frase definitiva para casos como
60 éste.

      El marido seguía presionando las llaves,
cuando éstas perdían su ímpetu. Los menores
permanecían mudos° y quietos. Sabían per-   mute
fectamente que en estas circunstancias el pre-
65 cio de abrir la boca, o moverse medio centímetro, o simplemente mirar hacia afuera del
automóvil, significaba un castigo, por lo
demás injusto.

      La abuela iniciaba sus maldiciones.° Un   mutterings
70 movimiento brusco hacia arriba y simultá-
neamente hacia un costado, le permitían cambiar su ubicación en el asiento. De esta
manera, también, sin mover la cabeza, podía
mirar hacia afuera del automóvil, no dando su
75 rostro° al resto de los ocupantes. Así lograba   not facing
su objetivo, dando rienda suelta a su males-
tar.

      El hombre seguía jugando con las llaves.
Los menores siempre quietos, por temor. La
80 mujer joven, dando tiempo para que su ira°   rage
impotente la abandone. La mujer vieja,
maldiciendo en silencio. El día anterior había
tenido la ocurrencia de intervenir en un leve°   small
incidente doméstico, con mala suerte.
85 Reciente éste, permanecía en silencio por el
momento. "Ah, si yo . . ." Pero era inútil; en
el mejor de los casos escucharía un "sí,

mamá" o "está bien, mamá", repetido desde
la infancia.

90   Allí estaba él, balanceando sus llaves y
esperando su turno. A su lado los dos
menores inmóviles, atreviéndose solamente,
con grandes precauciones, a intercambiar
miradas entre ellos. Atrás su madre y su
95 esposa. Y en el interior de la casa . . . Bueno
. . . Las llaves aún mantenían su atención.
Una vez que su mujer se calmara, la otra, su
madre, iniciaría la fabricación de levísimos
gruñidos° guturales, demostrando impacien-   *grumbles*
100 cia.

Sólo entonces debía actuar. Ya era un
hábito. Hacerlo de otra manera significaba
mayores molestias. Muchos años de matri-
monio y casi el triple de matriarcado;° así lo   *matriarchy*
105 determinaban. Era preferible el "sí, mamá" o
el "bueno, mamá", que bastaba.°   *sufficed*

Primeramente con sus faldas negras de
viuda,° "sí, mamá", para elegir el colegio   *widow*
privado en vez del internado fiscal,° donde se   *boarding school*
110 educaban sus amigos. Luego, la elección de
su carrera, "sí, mamá", "seré ingeniero,
mamá". Enseguida, la zona de residencia,°   *neighborhood*
"sí, mamá", "desde luego el sur, es mejor,
mamá". También hay que contar el matrimo-
115 nio, "sí, mamá", "es buena, mamá", "ya sé
que no es como las otras, mamá", "es una
muchacha seria, mamá". Y ahora también,
después de los gruñidos, "sí, mamá".

Salió del automóvil. Pasos° lentos pero   *steps*
120 firmes. Sólo pasaron dos minutos exactos. Ni
un segundo de más. Tampoco, ninguno de
menos. Y allí estaba con el muchacho de la
mano, acercándose al automóvil. El
muchacho de impecable ropa oscura, hay que
125 agregar, como lo deseaba su madre.

¿Qué había hecho? Extraño misterio para
ambas mujeres.

¿Golpeó la puerta del encierro del
muchacho, diciendo al mismo tiempo, con
130 tono neutro: —Abra la puerta, que necesito
ocupar el baño?— ¿Cuando quiso salir el hijo,
se interpuso en su camino,° cerrándole el   *stood in his way*
paso,° como haciendo una broma o demos-   *blocking him*
trando torpeza,° al no saber distinguir cuál   *clumsiness*

135 era el camino que el muchacho, al caminar en
sentido inverso,° había elegido? *opposite direction*

¿Al encontrarse en la puerta, no lo miró y
al mismo tiempo, despeinándolo,° le dijo: *ruffling his hair*

padre —Si quieres vas con tu "blue-jean—, no
140 dando importancia a lo que decía? ¿Qué pasó
en verdad?

Las dos mujeres no lo supieron ese día. *Changed clothes*
Tampoco en los siguientes. *b/c had choice*

Actividades de postlectura

A. Reconstruya la historia contestando a las preguntas siguientes.

1. *La situación:* El padre, la madre, la abuela y los dos hijos
   menores están en el coche. El hijo mayor se ha encerrado en el
   cuarto de baño.
   a) ¿Adónde tienen que ir?
   b) ¿Por qué va la abuela con ellos?
   c) ¿Por qué van los hijos menores?
   d) ¿Por qué se encerró el hijo mayor en el cuarto de baño?
   e) ¿Qué dice la madre?
   f) ¿Qué hace ella?
   g) ¿Qué dice el padre?
   h) ¿Qué hace él?

2. *La situación:* La madre vuelve al coche y le dice al padre, —A
   ti te lo dejo. Hazte cargo de él.
   a) ¿Por qué no entra el padre en la casa en seguida?
   b) ¿En qué piensa el padre?
   c) ¿Qué hace y qué dice la abuela?
   d) ¿Qué hacen y qué dicen los hermanos menores?

3. *La situación:* El padre sale del coche y en dos minutos regresa
   con el hijo de la mano.
   a) ¿Cómo está vestido el hijo?
   b) ¿Quiénes saben lo que pasó cuando el padre entró en la
   casa?

B. Los pensamientos.
El autor no siempre nos dice lo que están pensando los personajes
del cuento, pero el lector puede imaginarlo a través de su propia
experiencia. ¿Qué cree Ud. que piensan los personajes en los
siguientes momentos del cuento?

1. La madre cuando se da cuenta de que el hijo quiere ir a matricularse vestido con blue-jeans.
2. Los dos hermanos menores mientras esperan en el coche.
3. La abuela mientras espera en el coche.

4. El hijo mientras está en el cuarto de baño.
5. El padre mientras espera en el coche.
6. El padre cuando sale del coche y entra en la casa.
7. El padre cuando sale de la casa con el hijo de la mano.
8. El hijo cuando sale de la casa con su padre.

C. El autor ofrece dos posibilidades para interpretar lo que pasó cuando el padre entró en la casa. Diga cuáles son . ¿Cuál de ellas le parece más probable? Exprese su opinión.

D. Temas para conversar o para escribir

1. La importancia del conformismo para los estudiantes de la escuela superior.
2. Las dificultades de comprensión entre padres e hijos.
3. El papel del hijo mayor de una familia.
4. Las ventajas y las desventajas de tener tres generaciones de una familia en una casa.

---

14. Fuera de juego
Ignacio Aldecoa

Vocabulario

Antes de realizar los ejercicios de prelectura, estudie las siguientes palabras y expresiones.

Palabras parecidas

Sustantivos	Verbos	Adjetivos
el / la cómplice	comparar	anarquista
el escándalo	sacrificarse	comprensible
el estómago		decoroso / a
la ira		mutuo / a
la melodía		resignado / a
el / la millonario / a		solemne
el plato		
el proyecto		
la reputación		

Palabras engañosas

destinar to send, assign
el discurso speech
el disgusto misfortune, bad luck, trouble, annoyance

figurarse to imagine, think
formal well-behaved, serious, responsible
inclinar (se) to bend, lean over
el régimen diet
el rumor murmur; rumor
servir (para) to be good (for); to serve (as)
voluntad (la) willpower

Palabras nuevas

el ademán expression, gesture, look
Los ademanes de Adelaida son suaves y amistosos.

la bandeja tray
La sirvienta sirvió el té en una bandeja de plata.

el / la cuñado / a brother-in-law; sister-in-law
Tengo tres cuñados y una cuñada porque tengo tres hermanas y un hermano casados.

la empresa company, enterprise
Rafael es ejecutivo en una empresa muy grande que fabrica jabón.

el marido husband
El marido de mi hermana, mi cuñado Luis, es un buen hombre.

el menosprecio scorn
—¿Por qué hablas con menosprecio de ese hombre? —Porque no me gusta el tipo.

el / la nieto / a grandson; granddaughter
Los abuelos dicen que quieren tanto a los nietos como a los hijos.

el yerno son-in-law
El director de la empresa le dio el puesto de presidente a su yerno.

asomar (a) to appear (at), look out (of)
Si te asomas a la ventana, verás el desfile pasar por la calle.

bendecir to bless
El padre bendijo a su hija y a su yerno después de la boda.

platicar to chat, converse, talk
Los niños platican en su habitación hasta las dos de la madrugada y no me dejan dormir.

quejarse to complain
Los estudiantes se quejan de la abundancia de trabajo que el profesor les da.

soportar to bear, endure, stand
Tienes que soportar la plática de los niños sin quejarte. Son jóvenes y entusiasmados.

veranear to spend the summer vacation
El verano próximo me gustaría veranear en Uruguay.

ensimismado / a deep in thought
La doctora estaba tan ensimismada que cuando entró su primer paciente se asustó.

Expresiones y refranes

Note que la mayoría de las expresiones siguientes son modismos especiales, o refranes populares que no pueden traducirse literalmente.

¡buen provecho! hearty appetite! enjoy your meal!
cuando el río suena, agua lleva where there's smoke, there's fire
como si lloviera like talking to a brick wall
desde luego of course, certainly
estar fuera de juego to be out of the game
el garbanzo negro black sheep (of the family)
hablar por hablar to talk for the sake of talking
hacer vida de ostras to lead a sheltered life
hay gato encerrado I smell a rat; there's something fishy going on
no es oro todo lo que reluce all that glitters is not gold
no es para tanto there's no need to make such a fuss
no pararse en barras to stop at nothing
sacar los pies del tiesto to overstep the limits, go too far
sentirse a gusto to feel comfortable
eso tiene algo de malo there is something wrong

Actividades de prelectura

Para la realización de los ejercicios siguientes, es necesario conocer el vocabulario y las expresiones presentadas en la sección anterior.

A. Complete las frases siguientes con los sinónimos de las palabras en cursiva.

1. Ella hizo un *gesto* de menosprecio. Su . . . indicaba desprecio.
2. El señor Flores habla mucho de su *negocio* porque tiene una gran . . . .
3. Se lo dijo con *rabia,* y en su voz se notaba la . . . que sentía.
4. —¿De qué *charlan* Uds.? —Nosotros . . . de muchas cosas.
5. Yo no puedo *tolerar* a ese hombre y no entiendo cómo su familia lo . . . .
6. —¿Dónde van a *pasar las vacaciones*? —Nosotros siempre . . . en Ibiza.
7. En su vida personal tiene muy mala *fama,* pero su . . . profesional es impecable.
8. —¿Lleva su *esposo* bigote y barba? —No, mi . . . lleva solamente bigote.
9. El pobre Enrique siempre tiene *mala suerte.* ¿Sabes que le pasó otro . . . la semana pasada?
10. —¡Sr. Gálvez, Ud. pesa 100 kilos y le voy a poner a *dieta*! —Pero doctor, a mí no me gustan los . . . .
11. Me gustaría *mandarle* una carta, pero no sé dónde . . . la.
12. *¡Imagínese!* ¡ . . . . !

B. Complete las frases siguientes con los antónimos de las palabras en cursiva.

1. Ese tipo tiene aspecto de *pobre*, pero en realidad es . . . .
2. Yo lo encuentro *incomprensible*, pero para los científicos es una cuestión muy . . . .
3. ¿Por qué tienes esa cara tan . . . ? Debes estar muy *alegre* hoy.
4. ¿*Está contenta* en San Luis? No, ella . . . de todo.
5. El público aplaudió para indicar su *aprecio*, pero los criticos hicieron ademanes de . . . .
6. Se dice que el Sr. Echeverria es muy *informal*, pero siempre ha sido bastante . . . conmigo.
7. ¡Esta máquina es *inútil*. ¡No . . . para nada!
8. ¿*Escondió* la cara? No, . . . la cabeza.

C. Empareje cada frase con una palabra de la lista que sea apropiada. Modifique la palabra cuando sea necesario.

1. El esposo de su hermana es	el discurso
2. El sacerdote . . . a los novios despúes de la boda.	inclinar
	el rumor
3. Los camareros sirvieron la cena en . . . de oro.	la voluntad
	la bandeja
4. ¡Vas a necesitar mucha . . . para dejar de fumar!	el cuñado
	el nieto
5. En el siglo XVIII, los hombres se . . . para saludar a las damas. Esos modales están anticuados.	el yerno
	bendecir
	ensimismado
6. El hijo de mi hijo es mi	
7. El novio estaba . . . oyendo hablar a su novia.	
8. Un . . . es un ruido apagado por la distancia.	
9. El rey dio un largo . . . contra el uso de armas nucleares en el país.	
10. El marido de mi hija es mi	

D. Lea bien las siguientes oraciones y después escoja la respuesta más apropiada.

1. ¿Estás cómodo en tu nuevo apartamento?
   a) Sí, me siento muy a gusto.
   b) Sí, hago vida de ostras.
   c) No, no saco los pies del tiesto.
2. Hay algo en ese asunto que no me gusta, que no me cae bien.
   a) No te paras en barras.
   b) Es porque estás fuera de juego.
   c) Para mí también hay gato encerrado.

3. Josefina tiene 28 años, no trabaja y nunca sale sin sus padres.
   a) Es que ella no saca los pies del tiesto.
   b) La pobrecita hace vida de ostras.
   c) ¿De veras? Hay gato encerrado.

4. Yo hablo y hablo, pero esos chicos no me escuchan.
   a) Tú sabes, cuando el río suena, agua lleva.
   b) Ya sé. Es como si lloviera.
   c) No debes pararte en barras.

5. No te puedo hablar ahora porque estamos comiendo. ¿Te puedo llamar más tarde?
   a) No sé. Para mí hay gato encerrado.
   b) Creo que haces vida de ostras.
   c) ¡Desde luego! ¡Buen provecho!

6. ¿Conoces al segundo hijo de los Irizarri? ¿El alto y guapo que casi siempre está borracho?
   a) No, no es para tanto.
   b) Ah, sí. El garbanzo negro.
   c) No es oro todo lo que reluce.

7. ¡Qué desastre! ¡El niño se ha caido de la bicicleta! ¡Tenemos que llamar al médico, a la policía, una ambulancia . . . !
   a) ¡No saques los pies del tiesto!
   b) ¡Buen provecho!
   c) ¡No es para tanto!

8. ¿Es verdad todo lo que Héctor dice? ¿Crees que debemos tomarlo en serio?
   a) No, ese hombre habla por hablar.
   b) No, es como si lloviera.
   c) Sí, me siento muy a gusto.

9. Me dicen que se vende este coche por cien dólares.
   a) Sí, debe ser el garbanzo negro.
   b) ¿Crees que tiene algo de malo?
   c) Sí, esa gente no se para en barras.

10. Acuérdate, hijo mío. No debes tomar bebidas alcohólicas en la fiesta y tienes que estar en casa a las doce en punto.
    a) Papá, a veces hablas por hablar.
    b) No me siento muy a gusto aquí.
    c) Papá, yo no soy de los que sacan los pies del tiesto.

11. ¿Qué le pasó a Fernández? ¿Por qué no juega en el partido?
    a) ¿No sabes? Fernández ahora hace vida de ostras.
    b) No importa. No es para tanto.
    c) ¿No sabes? Fernández está fuera de juego.

12. Parece que el novio de Rosa es muy simpático. Además, siempre le trae flores y le manda regalos muy caros.
    a) ¡Buen provecho!
    b) No se para en barras.
    c) No es oro todo lo que reluce.

Fuera de juego

Ignacio Aldecoa

Ignacio Aldecoa was one of the finest writers of the post-Civil War period in Spain. His novels and short stories deal mainly with the daily life and human frailties of ordinary people.

Fuera de juego takes place some years after the Spanish Civil War (1936–1939), and is about a middle-class family in a provincial Spanish city whose members gather for their customary Sunday dinner. There is little action; however, the conversation reveals much about the individual characters, their ideas, attitudes, and perspectives.

Después de bendecir la mesa extendió la
servilleta sobre su oronda barriga,° prendién-   *round belly*
dola por uno de los vértices en la escotadura°   *neckline*
del chaleco.° Se refrescó los labios con un   *vest*
5 sorbo° de vino y jugueteó, ensimismado, con   *sip*
el tenedor.

—El régimen del señor— advirtió la
madre.

La doncella, duenda,° leve,° llevó la ban-   *self-controlled / unnoticeable*
10 deja desde el aparador° hasta la cabecera de   *sideboard*
la mesa. El padre se sirvió con desgana.° La   *reluctance*
madre cumplió la observación hogaril:

—¿Tomaste la gragea?°   *pill*

—Sí, Julia— dijo cansadamente el padre.

15 —¿Las gotas?°   *drops*

—Hoy, no. Tengo revuelto el estómago.°   *upset stomach*

—Debes sacrificarte un poco, respetar
estrictamente . . .

—Ya, ya . . . ; pero hoy, no.

20 Era domingo. Daba el sol en los balcones;
un sol blancote, de luz viscosa y movediza
derramada por el suelo, la alfombra, los muebles. Estaba la calle silenciosa y desierta.
Algún coche pasaba fugaz, espejeando y
25 hacía tintinear los colgantes de la araña,° que   *chandelier*
chispeaban colores y cucaban° en el techo.   *sparkled*
Comían en la casa las dos hijas y sus maridos.
De un cuarto cercano llegaba el rumor de los
nietos almorzando.

30 Los tres hombres hablaron de negocios.
El padre masticaba aburridamente y las con-
fidencias comerciales las hacía con la servilleta ante la boca, decoroso y reposado.

—No es día, Enrique— dijo la madre.
35 —Los domingos se han hecho para descansar
y para la familia. Tienes que despreocuparte
. . .

—Es verdad, papá— dijo con viveza
Nieves, la hija mayor. —Dejaos de negocios y
40 hablad de cosas más divertidas. —Paulino—,
señaló con un leve ademán a su marido, —en
cuanto tiene ocasión y tú le das pie° . . . Se   *whenever you give him*
pone imposible con el debe, el haber y todo   *a chance*
ese cuento chino° de las ocasiones . . .   *cock-and-bull story*
45 Paulino se atusó° el bigote entrecano y   *stroked*
moro.° Estaba satisfecho: él no perdía el   *greying and Moorish*
tiempo, él no estaba acostumbrado a perder   *style*
el tiempo, y para los negocios no había día de
fiesta.
50 —¿A qué no os podéis figurar a quién he
visto en misa° esta mañana? —preguntó la   *mass*
hija mayor, y sin esperar la respuesta tan-
teada,° continuó: —A Carmencita Ortiz y   *tried for*
Vidal— una reminiscencia del colegio, —la
55 casada con Miguel Sánchez, el ingeniero. ¿No
os acordáis? Va a tener otra vez familia. ¡El
séptimo!

—Pero ésos no viven aquí— dijo la
madre.
60 —Hace mucho tiempo— confirmó
Nieves. —Les destinaron a Sevilla. Imagínate
. . . ha debido venir a ver a su madre, que está
bastante delicada° . . . Además, para aprove-   *frail*
char, porque, según sus primas, Sevilla no le
65 gusta nada, nada.

—Con tantos hijos no andarán muy
bien— dijo Paulino. —Sólo en colegios . . .

—Tiene un sueldazo— aclaró Nieves.
—Lo que pasa es que allí no se siente a gusto.
70 Aquí nos conocemos todos, y ¡cómo se va a
comparar con un sitio donde no conoces a
nadie! . . . Fíjate en lo de tu amigo Paqui, el
que estudió contigo: cuando le destinaron a
Alicante tuvo que pedir la excedencia° por-   *transfer*
75 que Lupe, a los quince días de llegar, no podía
soportar la ciudad.

—Es comprensible— abundó° la madre.   *persisted*
—Acostumbrarse a otra vida es muy difícil.
Desde luego a mi edad. Pero aunque tuviera

80 veinticinco años, aunque tuviera veinticinco
años . . .

—Pues yo me iría— dijo seriamente Con-
chita, la hija menor. —Si éste° quisiera, yo *if this one (=my*
me iría.   *husband)*

85 —¡Qué cosas dices! Eso es una chiqui-
llada°— y Marcos agravó el gesto, aunque *childish notion*
sus ojos, azules y acusados, miraban indi-
ferentes.

—¿Por qué no? Si tú quisieras . . .

90 —Pero como no quiero.

—Pero podría ser. Los Gamazo pusieron
una armería° en Málaga. Y les ha ido muy *gunsmith shop*
bien.

—Los Gamazo son ellos, y nosotros,
95 nosotros.

—¿Y por qué no puede cambiar todo, di?
Otros se han ido y están felices donde están.

—Nosotros somos felices aquí.

—¡Y eso qué tiene que ver!

100 —Bien, bien, lo que tú digas, Conchita;
como eso no puede ser . . .

El padre bebió un poco de vino y se
enjugó° los labios. Solemne y docente° co- *wiped / pedantic*
menzó su discurso:

105 —Hablar por hablar. Novelerías,° hija. Ni *romantic ideas*
se puede ni se debe pensar así. Cuando eras
soltera, vaya . . . pero con tres hijos . . . Tu
marido tiene su negocio aquí, eso es lo funda-
mental. Tiene su reputación, es conocido . . .
110 Tú tienes que pensar en tu marido y en tus
hijos y en nada más . . . La vida no es un
juego, y bueno está el mundo para juegos.
Los arrepentimientos° tardíos no traen más *regrets*
que disgustos.

115 —Pero hacemos una vida de ostras, papá
. . .

—Muchos la quisieran. Lo que hay que
hacer es crearse menos necesidades, para no
echarlas en falta.°   *not miss them*

120 Nieves y la madre platicaban un aparte.
Denunciaban el secreto con grandes ade-
manes. Nieves hacía muecas,° fingiendo acu- *made faces*
sar el asombro, el asco,° el horror, la indi- *disgust*
ferencia y el menosprecio.

125 —¿Pero tanto dinero tienen ésos?

—Por lo visto.

—Para mí que hay gato encerrado. Me
cuesta° creerlo.   *it's hard for me*

—Igual es de la prójima.°   *spouse*

130   —Esa le ayudará a caer, pero no a otra
cosa.

—Pues de algún lado tiene que salir.

—A mí me han dicho . . .— y las palabras
fueron un susurro° de confesionario hasta la   *whisper*
135 interrupción de la madre:

—¡Qué horror! No me digas . . .

—Así como suena—.

—¡Quién lo iba a decir! Aunque, pensán-
dolo bien . . .

140   —Si no es verdad, pudiera serlo, mamá.

—En eso pocas veces se equivoca la
gente. Cuando el río suena, agua lleva. ¿Y su
pobre madre?

—Ya se enterará.°   *find out*

145   —Da náuseas.

El padre desmigaba° pan sobre el plato   *crumbled*
vacío. Paulino dictaminaba° fracasos.   *foresaw*

—Muchos proyectos le he conocido a ése,
pero ninguno tan descabellado.°   *crazy*

150   —Pues se van a hacer un chalet en
Lequeitio— dijo Conchita.

—No creo que ahora estén tan boyantes°   *prosperous*
como para hacerse no un chalet, ni siquiera
una cabaña de pastor.° Si tú frecuentaras los   *shepherd's hut*
155 bancos, cuñada . . .

—¿En Lequeitio?— preguntó el padre.
—Pues no se para en barras. El año que nosotros fuimos a veranear a Lequeitio ya vendían las parcelas° caras.   *lots*

160   —¿Te acuerdas, Enrique, del verano de
Lequeitio?— dijo la madre. —Entonces vivía
allí la emperatriz Zita. Vosotras erais muy
pequeñas. A veces recibía a alguno de aquí. A
los Uriberri les regaló una arqueta° preciosa.   *small chest*

165   —Es que Uriberri, que era militar, se
había casado con una hija de la marquesa—
dijo el padre —y estaba muy bien relacionado.

—Me acuerdo de haber visto a la empera-
170 triz— continuó la madre ahuecando la voz. —
Era una señora, una señora . . . La pobre sí
que debió tener disgustos en su vida; pero se
la veía tan señora, tan resignada . . .

—Yo creo que el palacio se quemó des-
175 pués que ella murió . . . ¿O fue antes?

—Me parece que no, Enrique . . . Me
parece que el palacio se quemó . . . Ahora que
lo pienso, no me acuerdo bien, pero para mí
que fue en la guerra.

180 . . . Nosotros entramos por Durango°—
dijo Paulino —y nunca llegamos al mar hasta
que estuvimos en Bilbao. Yo creo que los que
entraron por la costa . . .

*city in Spain
(Paulino and Marcos
talk about Civil War
battles in which they
participated)*

—No lo sé— dijo Marcos; —siempre
185 estuve en el frente de Madrid, Somosierra, el
Jarama, la Casa de Campo . . . Los tres años.

Paulino se servía abundantemente. La
doncella inclinó la bandeja para favorecerle
con la salsa.°

sauce

190 —Basta— ordenó Nieves. —Te vas a
poner como un cebón.° Si sigues engordando,
verás como acabas. Luego no te quejes de la
tensión ni hagas pamplinas.°

fattened pig

foolish things

—Déjale, hija— dijo con dulzura la
195 madre. —Déjale . . . De vez en cuando . . . Los
hombres tienen que comer mucho; no son
como nosotras que cualquier cosilla . . .

—Pero mamá, si pesa ochenta y tantos,°
y con la estatura que tiene va a parecer un
200 queso de bola.

and more kilos

—¿Qué tal los niños?— preguntó Conchita a la doncella. —¿Comen? ¿Son for-
males?

—Manolín es el único que no quiere co-
205 mer.

—Dígale que, como no coma, voy a ir y le
voy a dar unos azotes.°

—Ya merendará°— dijo la madre.
—Antes de almorzar ha estado chupando un
210 caramelo de palo,° y eso le habrá quitado el
apetito.

spanking

*he'll have an afternoon
snack*

lollipop

—Se lo tengo dicho al ama,° que no
quiero que les compre nada antes de comer;
pero como si lloviera.

nursemaid

215 —Buen descanso tienes tú con el ama—
dijo Nieves.

—No digo que no, pero también tiene sus
manías° y cuando le da . . .

Se oyó un portazo.° Alguien zanqueaba
220 por el pasillo.°

whims

*slam of a door
rushed into the corridor*

—¿Qué hora es?— preguntó el padre.

—Las dos y media exactamente— respondió Marcos.

—Es Pablo— dijo con alegría Conchita.
225 —Hoy le he visto con su novia, pero se ha hecho el distraído.° *he pretended to be absent-minded*

—¿Qué noticia es ésa?— se asombró la madre.

Crujía la tarima.° Pablo silboteaba° una *floorboards / whistled*
230 melodía; entreabrió la puerta y asomó la cabeza.

—Voy a lavarme las manos. Buen provecho y buenos días.—

—Tardes— dijo el padre ásperamente,
235 siseando la letra final.

Nieves y su madre se miraron para decirse su mutuo disgusto. El padre se refugió en los negocios y sus chismorreos.° *gossip*

—Me han contado que hay un descu-
240 bierto° en la Agrícola de muchos miles de *deficit*
duros.° Al parecer, no es oro todo lo que *5-peseta coins*
reluce.

—Se veía venir— explicó monótonamente Paulino. —Quien quiere hacerse millonario
245 en poco tiempo, malo. Para mí, cuando alguien se monta en ese tren, malo. Yo lo había comentado en el Círculo y decían que no, que no, que si ahí había dinero de gente muy gorda,° que si en Madrid ... Se veía *big shots*
250 como se ve lo del consuegro de don Rafael;° *that matter about the father-in-law of don Rafael's child*
ése se va a dar una bofetada° pero que muy
buena— sonrió regocijado.° —Ésos son los *blow*
listos ... *delighted*

—Se la ha dado— afirmó Marcos, —y al
255 parecer, irremediable. Pero eso nunca fue una empresa de alto vuelo° como la otra. *ambitious*

Pablo ocupó su sitio en la mesa. Enjugó con la servilleta la última humedad de las manos.
260 —¿Quién es esa chica tan guapetona?— preguntó Conchita. —¿Por qué no me la has presentado? No vas a decir que no me has visto.

—Ya te la presentaré— dijo Pablo.
265 —Cada día estás más guapa, hermana— miró a Nieves. —Y tú también, Nieves.

—¿Por qué no me la presentaste?— insistió Conchita.

—Llevábamos prisa.

270   —¿Tú prisa?— dijo la hermana mayor.
—Tú, que nunca has tenido prisa, andas
ahora con prisas.
    —La comida, con estas horas que tienes
de llegar, estará ya . . .
275   —No te preocupes, mamá— dijo Pablo.
    —Ya sabemos que los domingos co-
memos a las dos, y tu padre . . .
    —Me he retrasado un poco, no es para
tanto.
280   —Esa chica no es de aquí, ¿verdad?— preguntó Conchita.
    —No. Es de Zamarra—.
    —¡Buen pueblo!— exclamó Nieves. —¿Y
ésa qué pinta° aquí?   *what's she doing*
285   —Está trabajando.
    —De mecanógrafa o de dependienta?—
preguntó irónicamente Nieves.
    —¡Nieves!— dijo el padre alzando la voz.
    —Era pura curiosidad— se disculpó
290 Nieves. —Como cada mes le conozco una
novia. La última, peluquera;° la anterior, la   *hairdresser*
hija del portero° de los Aguirre . . .   *doorman*
    —¿Tiene eso algo de malo?— dijo Pablo
iracundo. —¿O es que todas tienen que ser
295 señoritas inútiles? ¿O es que un colegio de
monjas cambia la sangre a las personas?
    —Pablo, no saques los pies del tiesto—
amenazó el padre. —Tu hermana no te ha
dicho nada tan grave que te dé derecho a esa
300 violencia.
    —Come, hijo— sugirió la madre.
    —Pues será lo que quiera, pero es muy
guapa— dijo Conchita.
    —Déjalo ya— sentenció el padre.
305   La conversación se parceló.° El padre y   *divided up*
sus yernos volvieron a los negocios. La madre
y Nieves hablaron de la boda del mes. Conchita y Pablo se sonrieron, cómplices.
    —El abuelo— dijo el padre —llegó a la
310 ciudad casi con lo puesto° y en veinte años   *shirt on his back*
levantó el negocio hasta donde está hoy. El
padre del abuelo era un menos que modesto
campesino, pero en lo que pudo le dio una
educación.
315   —Pero aquellos tiempos eran otros tiempos, papá— dijo Nieves interviniendo. —Hoy
no lo podría hacer nadie.

—Los negocios se llevan en la sangre—
dijo Paulino. —Voluntad y talento es lo que se
320 necesita.

—¿Tú crees?— preguntó Nieves. —Tú,
por ejemplo, si no hubieras trabajado en tu
casa,° ¿crees que sin la ayuda de nadie . . . ?　　*business*
—¿Y por qué no?— dijo el padre.
325 —Bueno, bueno, no digo que no. Pero las
cosas están hoy muy claras para todos y las
clases sociales . . .

La sonrisa de Pablo fue advertida.°　　*noticed*
Nieves timbró su voz en la ira y el desprecio:
330 —Como a ti todo te da igual.° Para ti lo　　*it's all the same to you*
mismo es una que otra, ¿no?—
—Todas son mujeres.
—No seas vulgar, hijito— dijo Nieves.
—Aplícalo a tus amigas.
335 —No creas que tu hermana va tan desra-
zonada° como tú crees— dijo el padre. —Las　　*unreasonable*
cosas están como están por alguna razón.

Marcos y Paulino asentían con movi-
mientos de cabeza. La madre reconocía en el
340 padre sutiles° argumentos de posición social,　　*subtle*
dinero, honradez° y buenas costumbres.°　　*honesty / manners*
—No todos somos iguales— dijo el padre.
—Aunque lo debiéramos ser; pero ya la vida
te enseñará y no vas a venir tú a reformar la
345 vida. Lo demás son ideas anarquistas que
para nada valen.° ¿Es que tu madre es igual a　　*are worthless*
una verdulera° o tus hermanas iguales que　　*fishwife*
cualquier muchacha, que será todo lo
honrada que quieras, pero que . . . ? Hay una
350 cultura, una educación; eso es lo que hace al
hombre o a la mujer. Y eso no se puede
saltar,° como tú piensas.　　*skip over*

El padre se enjugó las manos en la servilleta y terminó:
355 —Y vamos a dejarlo. Piensa lo que
quieras, pero para ti.° No vamos a tener　　*keep it to yourself*
todos los domingos un altercado.

El padre se levantó de la mesa para ir a
ver a sus nietos. Cuando salió del comedor, la
360 madre dijo:
—Has disgustado a tu padre, Pablo, y
no le debes dar disgustos. No está bien de
salud y no lo debes hacer.

—Lo siento, mamá. Yo no había comen-
365 zado esta discusión.

Nieves tenía la mirada brillante y sonreía.

—Yo no he dicho nada que te pudiera
ofender— dijo Nieves. —Yo he dicho lo que
creo que es la verdad. No contra ti; tienes una
370 susceptibilidad . . .

—Bien. No quiero discutir.

—Ves como te pones en seguida.

Paulino hizo un ademán indicando silencio a su mujer.

375 —Tú sabrás— terminó Nieves.

Pablo dobló la servilleta y se levantó de la
mesa.

—Voy a mi cuarto— dijo a su madre.

Su salida se respetó con un silencio.

380 —¿Y es guapa la chica?— preguntó la
madre.

—Monilla°— dijo Nieves.   *very cute*

—Es muy guapa— afirmó Conchita.

Nieves enarcó las cejas° en un gesto sufi-   *arched her eyebrows*
385 ciente.

—Es una pena,° una pena, que Pablo no   *pity*
sirva para el negocio— dijo la madre ensimismada. —Si por lo menos fuera algo . . . Si le
hubiéramos dejado estudiar . . . Este hijo, este
390 hijo . . .

—No te preocupes, mamá— hizo el con-
suelo° Nieves. —¡Qué se le va a hacer!° A ver   *consoled / there's*
si encuentra algo que le guste y se arregla.   *nothing you can do*
Además, es probable que no hubiera servido   *about it!*
395 para estudiar.

—Sí, sí, hija mía, pero . . .

—En todas las familias hay un garbanzo
negro, mamá. Ayer me encontré con la° de   *the wife of*
Alegría; pues su hermano, lo mismo que
400 Pablo. Yo ni sé por dónde anda.° Lo co-   *where is he*
locaron° en una empresa de Logroño y les   *placed*
alborotó° a los obreros. Luego fue a Madrid.   *incited*
En fin, una alhaja.° Menos mal que a Pablo   *good-for-nothing*
no le ha dado° revolucionaria.   *got ideas*
405 —Me acuerdo yo— dijo Paulino —que
había en el colegio un muchacho muy inteligente y que parecía que iba a triunfar en la
vida en cualquier cosa que hiciera. Se llamaba
Gálvez, Francisco Gálvez Ugarte. Bueno,

410 pues me lo encontré en Bilbao de cobrador.° *working as a ticket collector*
Me hice el desentendido° para no preguntarle *pretended not to notice*
nada. Allá cada uno.° *everyone's on his own*
　　—No se sabe, no se sabe cómo acertar°— *do the right thing*
dijo la madre.
415 　　—A unos, la guerra; a otros, que en la
casa no había mano dura; a otros, que no servían, que eran muy inteligentes, pero que no
servían para la vida . . . — Paulino descifraba
los enigmas de los éxitos. —Y la vida es la
420 que manda. Todos ésos de los que dicen que
tienen muy buenas cabezas, tate;° luego, *look out!*
igual dan el petardazo° y a la cuneta.° Más *go broke / gutter*
de uno conozco yo que daría bastante por
estar detrás de un mostrador° propio, y están *store counter*
425 por ahí pasándoselas negras.° *having a rough time*
　　—A los Amézcoa les dio un buen disgusto
uno de los hermanos— dijo Nieves. —Aquel
se casó con una chica de bar. Un escándalo.
¿Tú te acuerdas, Conchita?
430 　　La calle se poblaba de ruidos. Tinti-
neaban los colgantes de la araña y transita-
ban por el techo colores, sombras guiñantes° *winking*
y luces agrias.
　　—¿Qué hora es ya?— preguntó Conchita.
435 　　—Las tres— respondió Marcos.
　　—Hay que prepararse, que el partido° co- *soccer game*
mienza a las tres y media. Hay que darse
prisa.
　　—¿Habéis traído coche?— preguntó Mar-
440 cos a Paulino.
　　—Os llevamos nosotros—dijo Conchita.
　　—Os tenéis que dar prisa— dijo la madre.

Actividades de postlectura

A. Resuma la historia contestando las preguntas siguientes.

　　1. ¿Quiénes son las personas que comen juntos ese domingo?
　　2. ¿Quién sirve la mesa?
　　3. ¿Dónde están los niños? ¿Quién está con ellos?
　　4. ¿En qué trabajan los hombres?
　　5. ¿De qué hablan los hombres?
　　6. ¿Cómo reaccionan las mujeres a la conversación de los hombres?

7. ¿De qué prefieren hablar las mujeres?
8. ¿Cómo reacciona la familia a la idea de vivir en otra ciudad?
9. ¿Cómo entra la guerra en la conversación de ellos?
10. ¿Por qué no presentó Pablo su novia a su hermana?
11. ¿De qué hablan las mujeres con Pablo?
12. ¿De qué hablan los hombres con Pablo?
13. ¿Qué perspectiva tiene el padre de las clases sociales?
14. ¿Por qué se marcha Pablo de la mesa para ir a su cuarto?
15. Cuando la familia habla de Pablo, ¿qué dice de él?
16. ¿Por qué no estudió Pablo?
17. ¿A dónde van las dos parejas después de la comida?

B. Compare las costumbres familiares españolas con las de su propia cultura y observe las similitudes o diferencias.

1. ¿Se reúne su familia para comer juntos todos los domingos? ¿Dónde? Si no se reúne todos los domingos, ¿cuándo lo hace?
2. Cuando su familia se reúne para comer, ¿quién prepara la comida? ¿Quién la sirve?
3. ¿Dónde comen los niños cuando su familia se reúne?
4. ¿De qué hablan los hombres de su familia durante las reuniones?
5. ¿De qué hablan las mujeres de su familia durante las reuniones?
6. ¿Qué hace su familia después de comer?

C. La doncella ha estado en el comedor durante la comida, pero no ha dicho nada. Después de la comida ella va a la cocina y habla con la cocinera. Las dos comentan . . .

Prepare con otra persona de la clase una conversación entre la doncella de *Fuera de juego* y la cocinera.

D. Prepare con otra persona de la clase una conversación entre Pablo y su novia. Ella quiere saber algo de su familia y tiene muchas preguntas. Pablo no sólo tiene que contestarlas, sino también mostrar sus sentimientos.

E. Temas para conversar o para escribir.

1. El papel de los niños en este cuento.
2. Las relaciones entre Pablo y sus padres.
3. La felicidad o la tristeza que reflejan los personajes del cuento en sus palabras.
4. El personaje que usted prefiere. El personaje que menos le gusta. Justifique su respuesta.
5. Los "juegos" en este cuento, como por ejemplo las preguntas sobre su novia que le hacen sus hermanas a Pablo.

VOCABULARIO

This vocabulary includes contextual meanings of most of the words and idiomatic expressions used in the book except proper nouns, exact cognates, and conjugated verb forms. Spanish alphabetization is followed, with **ch** occurring after **c**, **ll** after **l**, and **ñ** after **n**.

a to, at, in, by
  causa de because of
  escondidas secretly
  esta altura at this point
  favor de in favor of
  la fuerza by force
  la vez at the same time
  lo largo along
  mano by hand
  pesar de in spite of
  solas alone
  tiempo on time, timely
  través de across, through
  veces sometimes
abajo (de) under, below
abandonado / a abandoned, deserted
abandonar to abandon
abanico (el) fan
abiertamente openly
abierto / a open
abogado / a (el / la) lawyer
abotonar(se) to button (oneself)
abrazo (el) embrace, hug
abrigo (el) coat

abrir(se) to open
  camino to make way (for oneself); to succeed
absceso (el) abscess
absorbido / a absorbed
abstracción (la) abstraction
absurdo / a absurd
abuelo / a (el / la) grandfather / grandmother
abuelos (los) grandparents
aburridamente in a bored way
abusivo / a abusive
acabar(se) to finish
acariciar to caress
acaso by chance
acción (la) action, feat, act
acciones (las) stocks; actions
acento (el) accent
aceptar to accept
acera (la) sidewalk
acercamiento (el) approach
acercar(se) (a) to come near; to approach; to come up to; to accost
acero (el) steel

acertar (ie) to do the right thing; to guess right
aclarar to clarify; to declare
acometido / a overcome; attacked
acomodador / a (el / la) theatre usher
acompañar to accompany
aconsejar to advise
acordar(se) (ue) to remember, recall
acosado / a persecuted
acostar(se) (ue) to go to bed
acostumbrado / a accustomed, used to
acostumbrar(se) to become accustomed, get used to
actitud (la) attitude
acto (el) act, action; act of a play
actuar to act
acudir to assist, support; to attend
acuerdo (el) agreement
acusado / a (el / la) accused person; defendant

acusar to accuse
adelante forward; Come in!
ademán (el) gesture
además furthermore, besides, too
adentro inside
adiós good-by
adjudicar to award
admirador / a (el / la) admirer
admitir to admit
adolescencia (la) adolescence
adolescente (el / la) adolescent, teenager
¿adónde? where? (with verbs of motion)
adorno (el) ornament
adquisición (la) acquisition
adverbio (el) adverb
advertido / a noticed
advertir (ie-i) to warn
afectar to affect
afeitar(se) to shave (oneself)
aferrar(se) (ie) to hold on; to grapple
afirmación (la) affirmation
afirmar(se) to affirm; to secure
aflojar(se) to loosen (oneself)
afortunadamente fortunately, luckily
afuera outside
agazapado / a seized
ágil agile
agitar to agitate, upset; to stir
agobiar to overwhelm; to oppress
agonía (la) agony
agotar to exhaust, wear out; to use up, consume completely
agradar to please
agradecer (zc) to be thankful
agravar to aggravate, make worse
agregar to add

agresivo / a aggressive
agrícola agricultural
agrio / a sour
agua (f.) (el) water
de sal salt water
aguamanil (el) sink, basin
aguantar to sustain; to put up with
aguardar to wait; to expect
águila (f.) (el) eagle
ahí there (near person addressed)
ahogar to choke; to drown; to strangle
ahora now
mismo right away, right now
ahorrar to save (money)
ahorro (el) savings
ahuecar to excavate; to hollow out
airado / a angry
aire (el) air
aislado / a isolated
ajeno / a another's; irrelevant; alien
ajustar(se) to adjust; to adapt; to tighten (an article of clothing)
al cabo de at the end of
al fin, al final in the end
al lado de beside
al principio at the beginning of, in the beginning
al punto instantly, right away
alabar to praise
alameda (la) tree-lined drive
alarmar to alarm
alborotar to incite
alcalde (el) mayor
alcanzar (a) to reach, achieve; to stretch
alcoba (la) bedroom
alegato (el) plea
alegre happy
alegría (la) joy
alejar(se) to remove to

a distance; (to leave, go away from)
alfombra (la) rug, carpet
algo something
algún, alguno / a some, any, someone; (pl.) some, a few
algún lado somewhere
alhaja (la) jewel; good-for-nothing (slang)
alienación (la) alienation
almidonado / a starched
almohada (la) pillow, cushion
almuerzo (el) lunch
alojar(se) to lodge (reside)
alrededor (de) around
alta madrugada (la) early morning
alto / a tall; high
altavoz (el) loudspeaker
altercado (el) altercation, quarrel
alternar to alternate
altivez (la) haughtiness
altura (la) height
alumno / a (el / la) student
alzar to raise, lift
la vista to look up
allá over there, there
allí there
ama (el) nursemaid
amanecer (zc) to dawn (when the sun rises)
amanecer (el) dawn
amante (el / la) lover
amar to love
amargamente bitterly
amargo / a bitter
ambiente (el) environment, atmosphere
ambiguo / a ambiguous, doubtful
ambigüedad (la) ambiguity
ambos / as both
amenazar to threaten
amigable friendly

amigo / a (el / la) friend

amistoso / a friendly, amicable

amor (el) love

amoroso / a loving, affectionate

amotinarse to mutiny, rebel

amplio / a wide, extensive, roomy

amueblar to furnish

anarquista (el) anarchist

anca (f.) (el) buttock, thigh, rump

andar to walk; to go

anestesia (la) anaesthesia

angélico / a angelic

angustiado / a painful; miserable; distressed

angustioso / a anguished; distressed

angustiosamente with anguish

anhelante yearning

ánimo (el) spirit, drive

aniquilar to annihilate, destroy

anochecer to get dark (when sun sets)

anochecer (el) dusk

anotar to comment; to take notes

ansiosamente anxiously

ansioso / a anxious, eager

ante before; in the presence of

anterior previous, prior

antes before; formerly

que before

anticipar to anticipate

anticuar to antiquate

antigualla (la) relic

antojar(se) to fancy, feel like; to desire earnestly

antónimo (el) antonym

anunciar to announce

añadir to add

añico (el) bit or small piece of something

año (el) year

apagar to put out, turn off

aparador (el) sideboard, dresser

aparato (el) apparatus, appliance

aparcería (la) tenant farm; sharecropping

aparcero (el) tenant farmer; sharecropper

aparecer (zc) to appear; to seem

apariencia (la) appearance

aparte aside, apart (adj: other, separate)

apasionadamente avidly; passionately

apellido (el) surname

apenas scarcely, hardly, just

apetito (el) appetite

aplaudir to applaud

aplauso (el) applause

aplicar to apply, put; to use, employ

apocalipsis (el) apocalypse

apoderado (el) agent; attorney; manager

apoderar(se) to seize, take hold or possesion of

aportar to contribute

apoyar to support

apoyo (el) support

apreciar to appreciate, value

apresar to imprison

apresado / a caught, captured, imprisoned

apresurar(se) to hurry

apretar (ie) to squeeze

aprobación (la) approval; passage (of a law)

aprobar (ue) to approve; pass (a law or exam)

apropiado / a appropriate

aprovechar(se) to take advantage of

aproximar to approximate; to approach

apuntes (los) notes

apurar(se) to hurry, rush

aquel, aquella, aquellos, aquellas that, those (at a distance)

aquél, aquélla that one, (pl. those)

aquí here

aquietar(se) to calm down; to quiet down

araña (la) chandelier; spider

árbol (el) tree

archifamoso / a very famous

arder to burn

arduo / a arduous, difficult

argumento (el) argument; plot (story)

armar to put together

jaleo to cause trouble

armería gunsmith shop

armonioso / a harmonious

arqueta (la) small chest

artículo (el) article

arrancar to dash off; to start

arrastrar to drag along

arreglar(se) to fix; to dress up

arrellanado / a leaning back

arremangar(se) las mangas to roll up one's sleeves

arrepentimiento (el) repentance

arrepentir(se) (ie) to repent, regret

arrestar to arrest; to confine

arriba up; up with . . . (exclamation)

arriesgar to risk

arrogante arrogant, highminded, (fig. haughty)

arrojar to throw, hurl

arrollar to roll up; to coil

arroyo (el) stream

arrugar(se) to wrinkle (oneself)

asaltar to assault; (fig.

strike suddenly)

asco (el) disgust

asegurar to secure, insure

asentir (ie) to agree, assent

asesinar to assassinate

asesinato (el) assassination; murder

asesino / a (el / la) assassin

así thus, so

asiento (el) chair, seat

asistente / a (el / la) assistant; attendee

asistir (a) to attend

asno (el) ass, donkey

asomar to stick out, appear, show

asombrar(se) to be astonished, amazed

asombro (el) astonishment, amazement

aspecto (el) aspect

áspero / a dry; rough, harsh

aspirar to inhale

astrónomo (el) astronomer

asunto (el) matter; item

asustado / a frightened

atardecer (el) late afternoon, dusk

atado / a bound, tied

atender (ie) to wait on; to pay attention

atento / a attentive

atómico (el) drunken bum (coll. Puerto Rico)

atónito speechless

atractivo / a attractive

atraer to attract

atrás (de) behind

atravesar to cross

atreverse (a) to dare (to)

atril (el) lectern

atroz atrocious

aturdimiento (el) mental cloudiness, confusion

atusar to stroke

aún yet, still

aunque although, even though

ausencia (la) absence

ausente absent

auto (el) car

auto-imagen (la) self-image

autómata (el) robot

autopista (la) highway

autoritario / a authoritarian

avanzar to advance

avenida (la) avenue

avergonzar(se) (de) (ue) to be embarrassed (for, of, about)

avergonzado / a embarrassed

ávido / a eager

avisar to give notice, inform

ayuda (la) aid, help

ayudar to help, aid

ayer yesterday

azar (el) chance

azote (el) spanking

azúcar (f) (el) sugar

azul blue

bailar to dance

bajar to go down; lower

bajo / a low; short; under

balancear to balance

balcón (el) balcony

balde (el) bucket

bandeja (la) tray

bañar(se) to bathe, take a bath

barandilla (la) railing, banister

barba (la) beard; chin

barbilampiño (el) beardless one

barrendero (el) street cleaner

barrer to sweep, scrub

barriga (la) belly, stomach

barrio (el) neighborhood, quarter

bastante enough; quite; rather

bastar(se) to be enough; to be satisfied; to be sufficient upon oneself

basura (la) rubbish, trash

bata (la) robe

batalla (la) battle

baúl (el) trunk

beber to drink

bebida gaseosa (la) carbonated drink

belleza (la) beauty

bello / a beautiful

bendecir (i) to bless

besar to kiss

bicornio (el) two-cornered hat

bien well, fine

bienes (los) property

bienvenida (la) welcome

bigote (el) moustache

bigotudo moustachioed

billete (el) ticket; bill (money)

bis (el) encore

bisturí (el) scalpel

bizco / a cross-eyed

blanco / a white

blancote whitish

boca (la) mouth

boda (la) wedding

bofetada (la) slap, blow

bola (la) ball

bolígrafo (el) ballpoint pen

bolsa (la) bag; handbag

bolsillo (el) pocket

bondad (la) goodness, kindness

bonito / a pretty

borde (el) margin, edge

bosque (el) woods, forest

bota (la) boot

botar to throw out

boyante prosperous

brazalete (el) bracelet

brazo (el) arm

breve brief, short

brevemente briefly

brillante brilliant, shining

brillantez (la) brilliance

brillar to shine, gleam

brillo (el) luster, shine

broma (la) joke

bronca (la) quarrel

bruma (la) mist

bruñido / a polished

brusco / a brusque
buche (el) gargle
buen, bueno / a good; well
¡Buen provecho! Hearty appetite!, Enjoy your meal!
bufanda (la) muffler; scarf
burla (la) joke, jeer, ridicule, mockery
burlar (se) to make fun of
burlón / a mocking
buscar to look for
butaca (la) theatre seat; easy chair

caballero (el) gentleman
cabaña (la) cabin, hut, shack
cabecera (la) headboard
caber (quepo) to fit
cabeza (la) head
cabezal headrest
cabrón (el) male goat; (*slang*, bastard)
cada each, every
caer(se) to fall
 redondo to fall flat on one's face
café (el) coffee; cafe
caja (la) box
 registradora cash register
cajón (el) drawer
calavera (la) skull
calculadora (la) calculator
calidad (la) quality
caliente hot
calmar(se) to calm down
calor (el) heat
caluroso / a warm, hot
calva (la) bald spot
callar(se) to (be) quiet, stop speaking
calle (la) street
callejón (el) alley
cama (la) bed
cambiar to change
cambio (el) change; for-

eign currency exchange
caminar to walk
caminata (la) walk
camino (el) way; road
camión (el) truck
camisa (la) shirt
campesino (el) countryman; farmer; peasant
campo (el) countryside; field of study
cansado / a tired
cantidad (la) quantity
cañada (la) ravine
caoba (la) mahogany
capacidad (la) capability, capacity
capitán (el) captain
capricho (el) whim, caprice
caprichoso / a capricious
cara (la) face
caracterizar to characterize
caramelo de palo (el) lollipop
carcajada (la) loud laugh
carecer (zc) to lack
cargador (el) holder, bearer
cargar(se) to carry, support
 -se de años to be burdened by age
cargo (el) job
 vitalicio lifetime appointment or membership; tenure
caricia (la) caress
caro / a expensive, dear
carta (la) letter
cartera (la) wallet, billfold
carrera (la) career; race
casa (la) house
casaca (la) waistcoat
casado / a married
casar(se) (con) to marry
casi almost
caso (el) case
castaño chestnut-colored, brown
castellano / a Castilian, Spanish

castigar to punish
castigo (el) punishment
casualidad (la) chance
catástrofe (la) catastrophe
catorce fourteen
cazar to hunt
cazador / a (el / la) hunter
cebón (el) fattened pig
ceder (ie) to yield; to cede
cegar (ie) to blind
ceja (la) eyebrow
celos (los) jealousy
cena (la) dinner, supper
cenar to have dinner
centavo (el) cent
centímetro (el) centimeter
centro (el) center; downtown
cepillazo (el) brushing
cerca (de) near
cercano / a nearby
cerciorar(se) to make sure of, ascertain
ceremonia (la) ceremony
cero (el) zero
cerradura (la) lock
cerrar (ie) to close
 el paso to block the way
cerro (el) hill
cerrojo (el) lock
cesar to cease
cielo (el) sky
 santo good heavens
 raso ceiling
cien one hundred
ciencia (la) science
 ficción science fiction
cierto / a certain, sure; true
cigarrillo (el) cigarette
cinco five
cincuenta fifty
cine (el) movie theatre, cinema
cinematógrafo (el) movie maker, cinematographer
círculo (el) circle
circunstancia circumstance

cirujano (el) surgeon
cita (la) date; appointment
ciudad (la) city
claramente clearly
claro / a clear; of course
clase (la) class
clausura (la) ending or closing of an event
clavado / a nailed; stuck
coartada (la) alibi
cobijado / a covered, blanketed
cobrador (el) collector
coche (el) car
cocina (la) kitchen
cocinero / a (el / la) cook
códice (el) standards, code
cola (el piano de) grand piano
colega (el / la) colleague
colegio (el) school (elementary or secondary)
cólera (la) anger
colgante (el) hanging piece
colgar to hang
colocar to put or place
colorado / a red
coloreado / a colored
combinar to combine; to match
comedia (la) comedy
comedor (el) dining room
comentario (el) commentary
comenzar to commence, begin, start
comer to eat
cometer to commit, do
cómico / a (el / la) comedian, comedienne
comida (la) meal; food
comité (el) committee
como as, like
  de costumbre as usual
  si lloviera like talking to a brick wall
¿cómo? how?
comodidad (la) comfort
cómodo / a comfortable

compañía (la) company
comparar to compare
compasión (la) compassion
compasivamente compassionately
compinche (el / la) pal, buddy
completamente completely
completar to complete
complicación (la) complication
complicado / a complicated
complicar to complicate
cómplice (el / la) accomplice
comprar to buy
comprender to understand, comprehend
comprensible understandable, comprehensible; understanding
comprensión (la) comprehension; understanding
comprobar (ue) to test, verify
compromiso (el) obligation, engagement
compuesto / a composed; put together
computadora (la) computer
común common, usual, ordinary
comunicar to communicate
comunidad (la) community
con with
  descuido carelessly
  respecto a regarding
conato (el) attempt, effort
conceder to concede
concentrar(se) to concentrate
concertar (ie) to plot; to arrange
conciencia (la) conscience
concierto (el) concert
concluir to conclude,

finish
concurrencia (la) audience, crowd; happening at the same time
concurrir to meet, assemble, gather; to attend, be present
condescender to condescend
conducir (zc) to drive a car; to conduct
conducta (la) conduct
conferencia (la) meeting, conference
conferir (ie) to meet together; confer
confesar (ie) to confess
confesionario (el) confessional
confiado / a trusting; confident
confianza (la) confidence, trust
confiar (en) to have confidence in, to trust
confidencia (la) confidence, secret
confirmar to confirm
confitería (la) bakery, sweet shop; café (Argentina and Uruguay)
confortable comfortable
confundir(se) to be confused; to get mixed up; to make a mistake
conjetura (la) guess, conjecture
conmover (ue) to move (emotionally)
conocer (zc) to know, be acquainted with; to meet
conocido / a known, acquainted with; well-known
conocimiento (el) knowledge
conquistador (el) conqueror
consciencia (la) conscience
consecuencia (la) consequence, outcome, result

consejo (el) council; advice; conference

conservar to keep; to conserve, preserve

considerar(se) to consider (oneself)

consolar (ue) to console, comfort

construcción (la) construction

construir to construct, build

consuegro / a (el / la) father-in-law / mother-in-law of one's child

consumir(se) to be consumed

contar (ue) to tell; to count

contemplar to contemplate

contemporáneo / a contemporary

contener to contain

contenido (el) contents

contentar(se) to be content with (oneself), be happy

contestación (la) answer

contestar to answer

contigo with you

continuo / a continuous

continuidad (la) continuity

contonear to swagger

contra against

contraespionaje (el) counterespionage

contundente forceful

convencer to convince

convertir(se) (ie) to change (oneself), convert

en to become

convulso / a convulsed

copiar to copy

copo (el) flake

coquetear to flirt

coraje (el) courage; anger

corazón (el) heart

corbata (la) tie

cordal (el) wisdom tooth

cornudo (el) cuckold

corona (la) crown

corsé (el) corset

cortar(se) to cut (oneself)

corte vienesa (la) the Viennese court

cortés courteous

cortol / a short

corregir to correct

correr to run

corresponder to be suitable; to correspond

corresponsal (el) correspondent

corrida (la) bullfight

corriente current; common

cosa (la) thing

costa (la) coast

costado (el) side

costar (ue) to cost

costo (el) cost

costoso / a costly, expensive

costumbre (la) custom; manner; habit

cotidiano / a everyday; daily

cráneo (el) head, craneum

crear to create

crecer (zc) to grow

crecimiento (el) growth

creer to believe

crema (la) cream; lotion

crepúsculo (el) twilight, dusk

criado / a (el / la) servant, maid

criar to raise (someone)

crimen (el) crime

criminal (el) criminal

crispado / a twitching

cristal (el) glass, crystal

cristiano (el) Christian

criterio (el) criteria

crónica (la) chronicle, story

crujido (de huesos) (el) crunch (of bones)

cruzar to cross

cuadra (la) city block

cuadro (el) painting, picture

¿cuál? which? what?

cualidad (la) quality

cualquier any; whatever

cuando when

¿cuánto? / a, / os, / as how much, how many

cuartilla (la) sheet of writing paper

cuarto (el) room

cuarto / a fourth

cuarto de baño (el) bathroom

cuatro four

cubrir to cover

cucar to wink; to mock

cuchara (la) spoon

cucharilla (la) teaspoon

cuchillo (el) knife

cuello (el) neck

cuenca (la) steep valley

cuenta (la) bill

cuento (el) story, tale

chino cock-and-bull story

cuerda (la) string; cord

cuerno (el) horn

cuerpo (el) body

cuestión (la) issue, matter

cuidado (el) care

cuidar(se) to take care (of oneself)

culpa (la) fault, blame

culpable (el / la) guilty person

culpar to blame, accuse

cumplir to finish; to fulfill a promise

cúmulo (el) heap; mass of clouds

cuneta (la) gutter

cuñado / a (el / la) brother-in-law / sister-in-law

curiosidad (la) curiosity

cuyo / a, / os, / as whose

chacra (la) small farm

chaleco (el) vest

charla (la) chat, talk

charlar to chat, talk

charol (el) patent leather

chico / a (el / la) boy; girl

chicotazo (el) lash
chino / a Chinese
chiquillada (la) childish
  notion
chiquito / a small
chismorreo (el) gossip
chispear to sparkle
chistar to joke
chorrear to pour, gush
chupar to suck

d.C. (después de Cristo)
  A.D. (after Christ)
dádiva (la) gift, present
dama (la) lady
danzar to dance
dañar to hurt, to pain;
  to harm, damage
dar to give
  a luz to give birth
  abasto to cope
  el frente to face
  con to meet
  el petardazo to go
  broke
  fin a to end
  la espalda to turn
  one's back to
  pie to give a chance
  rienda suelta a to
  give free rein to
  –le igual to be all the
  same to someone
  –le toda la razón to
  agree fully with some-
  one
  –se cuenta (de) to
  realize something, be
  aware of
  –se prisa to hurry,
  rush
dato (el) data, informa-
  tion, fact
de of, from, about, by,
  to, with, as
  alto vuelo ambitious
  arriba a abajo from
  head to toe
  cualquier manera in
  any way
  edad getting on in
  years

esta manera in this
  way
fondo background
más; de menos extra;
  less
nuevo again
otra manera in
  another way
pie standing
repente suddenly
pronto soon
revés from left to
  right
rigor essential
sí mismo of oneself,
  of him / herself
vez en vez from time
  to time
veras really, truly
vez en cuando once
  in a while
deber to owe; ought to,
  should, must
débil weak
debilidad (la) weakness
decadencia (la) deca-
  dence
decidir to decide
décimo / a tenth
decir to say, tell
declarar to declare
decoración (la) decora-
  tion
decoro (el) decorum
decoroso / a decorous,
  well-behaved
dedicar(se) to dedicate
  (oneself)
dedo (el) finger
defender(se) (ie) to
  defend oneself
dejadez (la) laziness
dejar to let, leave
  –se to allow oneself
  de to stop, quit
delante forward
delectación (la) delight,
  pleasure
delgado / a thin
delicado / a delicate,
  frail
delicioso / a delicious
demás other (with lo,
  las, los, the other(s))
demasiado too much
demonio (el) devil

demorar to delay
demostrar (ue) to show,
  demonstrate
dentadura postiza (la)
  false teeth, dentures
dentista (el) dentist
dentro inside
denunciar to denounce
dependiente / a (el / la)
  salesperson
deporte (el) sport
deportivo / a sport,
  sporty, sporting
depósito (el) warehouse;
  storeroom
derecho (el) right; law
derecho / a right;
  straight
derramado / a spilled;
  wasteful
derramar to spill
desabotonar to unbut-
  ton
desacuerdo (el) dis-
  agreement, discord
desalojar to leave one's
  lodgings
desaparecer (zc) to dis-
  appear
desaparición (la) disap-
  pearance
desarrollar to develop
desatar(se) to untie, let
  loose
desayunar to eat break-
  fast
descabellado / a crazy
descalzo / a barefoot
descansar to rest
descanso (el) rest
descargar to unload
descender (ie) to
  descend, go down
descendiente / a (el / la)
  descendant; offspring
descocado / a brazen
descomponer to decom-
  pose; to break up (into
  pieces)
desconsiderar to be
  inconsiderate
desconocido / a (el / la)
  stranger
descorbatado tieless
descosido / a unsewn
describir to describe

descubrimiento (el) discovery

descubrir to discover

desde from, since; for (time)

luego of course, certainly

siempre forever, from the beginning of time

desdén (el) disdain

desdoblar to unfold

desear to desire, wish

desempeñar to carry out, fulfill

desenlace (el) outcome

desentender(se) (ie) to feign ignorance

desentendido / a (el / la) one who doesn't notice or pay attention

desenvolver (ue) to unwrap

deseo (el) wish, desire

desesperación (la) desperation

desesperar to despair

desfachatado / a shameless

desgajar(se) to break away

desgana (la) reluctance

desgarrado / a torn apart

desgracia (la) disgrace, misfortune, bad luck

deshacer(se) to take off, remove

desierto (el) desert

desierto / a deserted

desliar to unwind; to untie, undo

deslizar to slip away; to slide

desmadre (el) riot; out-of-control situation

desmandar to get out of hand

desmesurado / a disproportionate

desmigar to crumble

desnudo / a bare; naked

desobediencia (la) disobedience

desolador /a devastating

despacio slowly

despacho (el) office

desorientado / a confused

despavorido / a horrified, aghast

despedir (i) to fire, dismiss (say goodbye)

despeinado / a uncombed

desperdicio (el) trash, waste

despertar(se) (ie) to wake up

despiadado / a merciless

despojar to deprive

despótico / a despotic, tyrannical

despreciar to look down upon, scorn

desprecio (el) scorn

desprender to tear off

despreocupar(se) not to worry

después (de) afterwards, later (after)

desrazonado / a unreasonable

destacado / a outstanding

destapado / a uncovered

destemplado / a intemperate; noisy; irregular

destinar to send; to assign

destino (el) destiny, fate; destination

destrozado / a destroyed

desventaja (la) disadvantage

desvergonzado / a shameless

detener(se) to stop

detrás behind

devolver (ue) to return

devorar to devour

día (el) day

diálogo (el) dialog

diario (el) daily paper; diary

diario / a daily

dibujo (el) sketch, drawing

dictaminar to pronounce judgment, render a decision

dictar una conferencia to give a lecture

diecinueve nineteen

dieciocho eighteen

dientes (los) teeth

diez ten

diferente different

dificultad (la) difficulty

digno / a (de) worthy of

diligencia (la) business, job

diminuto / a tiny

dinero (el) money

Dios God

dirección (la) direction; address

directamente directly

dirigir to direct

se (a) to address someone, speak to; go (to)

discreto / a discreet

discurso (el) speech

discusión (la) discussion; argument

discutir to discuss; argue

diseño (el) design

disfrutar to enjoy

disgustar to annoy, irritate, upset

disgusto (el) misfortune, bad luck, trouble

disimular to conceal; disguise; to pretend

disolver (ue) to dissolve

disparar to shoot

disparo (el) shot

disponer (de) to make use of

disponer(se) (a) to get ready to

disponible available

distanciar(se) to keep one's distance

distinguido / a distinguished

distinguir to distinguish

distinto / a different, distinct

distraer to distract
distraído / a distracted, absent-minded
disyuntiva (la) alternative; dilemma
divertirse (ie) to enjoy oneself
disuadir to dissuade
divertido / a amusing
dividido / a divided
divorciado / a divorced
divorcio (el) divorce
doblar to fold, turn (a page)
doble double
doce (las) twelve o'clock
docente teaching; educational
doctorado (el) doctorate, PhD
doler (ue) to hurt, pain
dolor (el) pain, ache
dolorido / a painful
domingo (el) Sunday
dominio (el) dominion; control
doncella (la) maiden; maid (servant)
¿dónde? where?
dorado / a golden
dormir (ue) to sleep
dormitorio (el) bedroom
dos two
drama (el) drama, play
dramático / a dramatic
duendo / a tame, domesticated
dulce sweet
dulzura (la) sweetness
duplicar to duplicate
durante during
durar to last
dureza (la) hardness
duro (el) five peseta coin (Spain)
duro / a hard; difficult

e and (used for y before i-, hi-, but not hie-)
echar to throw (out)
   en falta to miss; to notice the absence of

para delante to thrust forward
una ojeada to take a look at
doble llave to double lock
   –se to throw oneself
   –se a dormir to go to sleep
edad (la) age
edificio (el) building
educado / a educated
educar to educate, teach
efectivo / a effective
efecto (el) effect
eficaz efficient
egoísmo (el) egoism, selfishness
él he
el the
elegir (i) to choose, select, elect
elevar(se) to raise oneself, to rise up
ello / a it, her
embestir to attack, charge
embobado / a stupefied
embrazado / a grasped, clutched
eminencia (la) eminence
emoción (la) emotion
emocionado / a moved, touched; emotional, enthusiastic
emperatriz (la) empress
empezar (ie) to begin
empleado / a (el / la) employee
empleo (el) job, work
empresa (la) company, enterprise; management
en in, on
   cambio on the other hand
   contra de against
   cuanto tiene ocasión whenever s/he has a chance
   plena tarde in the middle of the afternoon
   punto exactly, on the

dot
   seguida right away, immediately
   vez de instead of
enarcar to arch
encaje (el) lace
encaminar to be on the way
encargado / a (el / la) person in charge
encarnizadamente viciously
encender (ie) to turn on, light
encerrar(se) (ie) to lock (oneself) in
encierro (el) enclosure; seclusion
encontrar (ue) to find
   –se con to meet with
encuentro (el) encounter
enemigo (el) enemy
energía (la) energy
enfermo / a (el / la) sick person, patient
enfrentar(se) to face up to
enfrente de opposite
engañar to deceive, cheat, trick, fool
engordar(se) to get fat; to gain weight
enjugar to wipe
enjuto lean, thin
enjuto (el) (plu.) brushwood
enorme enormous, large
enredar to enmesh; surround
enrojecer to blush
ensalada (la) salad
ensangrentado / a bloody
ensayar to try; to rehearse
ensayos (los) essays; rehearsals
enseñar to teach
ensimismado / a deep in thought
ensordecedor / a deafening
entender (ie) to understand

enterar(se) to find out
entero / a complete
entibiar(se) to warm (oneself)
entonces then, at that time
entrada (la) entrance; admission
entrar to enter
  en juego to enter the game; come into play
entre between
entreabrir to open slightly; to set ajar
entrecano / a graying
entregar to deliver
entusiasmado / a enthused, excited, enthusiastic
entusiasmo (el) enthusiasm
envalentonar(se) to get bold or daring
enviar to send; to mail
envidia (la) envy
envolver (ue) to wrap
época (la) epoch, age, era, time
equivocar(se) to be wrong, make a mistake
escalar to scale, climb
escalera (la) stair, stairway
escalofrío (el) shudder, chill
escándalo (el) scandal
escapada (la) escape; escapade
escapar(se) to escape
escarapela (la) badge, emblem
escatimar to skimp
escena (la) scene
escenario (el) stage
escobilla (la) broom
escoger to choose
escolar related to school
esconder(se) to hide
escotadura (la) neckline
escribir to write
escritor / a (el / la) writer, author
escritorio (el) desk; study

escritura (la) writing
escuchar(se) to listen (to oneself)
escuela (la) school
escupidera (la) spitoon
ese, esa, esos, esas that, those
esfuerzo (el) effort
eso that
espacio (el) space
espada (la) sword
espalda (la) back
español (el) Spanish language; Spaniard
española (la) Spaniard
espasmo (el) spasm
espasmódicamente spasmodically
especial special
especialmente specially
especie (la) species, kind
espectador / a (el / la) spectator
espejear to shine, glitter
espejo (el) mirror
esperanza (la) hope
esperar to wait, hope for
espía (el / la) spy
espinazo (el) spine
espléndido / a splendid
esposo / a (el / la) spouse, husband / wife
esposas (las) handcuffs
esposado / a handcuffed
esquelético / a very thin, skeleton-like
esqueleto (el) skeleton
esquina (la) corner
establecer (zc) to establish
estación (la) station; season
estallido (el) outburst, explosion
estar to be
  a cubierto to be covered
  bien de salud to be well, healthy
  de espaldas a to have one's back turned to

dispuesto a to be ready to; prepared to
fuera de juego to be out of the game
por encima to be above; to be on top of things
seguro / a to be sure
triste to be sad
estatura (la) height, stature
este, esta, estos, estas this, these
estilo (el) style
estímulo (el) stimulus
estirar(se) to stretch out; smooth
estómago (el) stomach
estorbo (el) hindrance, nuisance
estrategia (la) strategy
estrechar to stretch
estremecer(se) (zc) to shudder, to tremble, quiver
estrujar to squeeze, press; to crush
estudio (el) study
estufa (la) stove, heater
estúpido / a stupid
etapa (la) stage
eternidad (la) eternity
eterno / a eternal
europeo / a European
evaluar to evaluate
exacto / a exact, precise
exageración (la) exaggeration
exagerado / a exaggerated
exagerar to exaggerate
exaltar to excite; praise
examen perdido (el) failed exam
examinar to examine
excepcionalmente exceptionally
exclamar to exclaim
excusa (la) excuse
excedencia (la) transfer; leave of absence
exigir to demand
exiliado / a (el / la) exile
existir to exist
éxito (el) success
exótico / a exotic

explicación (la) explanation

explicar to explain

explorado / a explored

explosivo / a explosive

expresar to express

exquisito / a exquisite

extender to extend

exterminio (el) extermination

extinguir(se) to put out, extinguish

extraño / a strange

extraoficial unofficial

extremadamente extremely

extremo (el) end

fabricación (la) fabrication, manufacture

fabricar to make

facción (la) feature (*facial*)

fácil easy

facha (la) appearance (*coll.*)

falda (la) skirt

faldones de camisa (los) shirt tails

falible fallible

faltar to lack; to miss (a class)

fallar to fail; to let someone down

falluta phony, two-faced (Argentina and Uruguay)

fama (la) fame, reputation

familia (la) family

familiar related to the family

famoso / a famous

fantasmagoría (la) optical illusion

fantástico / a fantastic

fascinación (la) fascination

fascinar to fascinate

fastidiar to annoy, bother, upset

favorecer (zc) to favor

faz (la) face

fecha (la) date
  santa holy day

felicidad (la) happiness

felicitar to congratulate

feliz happy

fenómeno (el) phenomenon

feo / a ugly

fibra (la) fiber

fiera (la) wild beast

fiesta (la) party

figura (la) figure

figurarse to imagine, think

fijar(se) to fix, set; to notice

fijo / a fixed, set

fila (la) line, row

filmar to film

fin (el) end

final (el) ending
  al final in the end

finca (la) country house, estate; farm

fingir to pretend

firmar to sign

fiscal (el) district attorney

fisgar to snoop

flacucho / a skinny

flama (la) flame

flechazo (el) arrow shot

flojo / a weak, loose; lazy

flor (la) flower

florecer (zc) to bloom, flower

flotar to float

fondo (el) bottom; depth

forcejeo (el) struggle

forma (la) form

formal well-behaved, serious, responsible

formar to form

fortalecer (zc) to strengthen

forzudo / a tough

fósforo (el) match

foto (la) photo

frac (el) tuxedo

fracasar to fail

fragilidad (la) fragility

franco / a frank

frase (la) sentence, phrase

fray (el) friar, brother

frecuentemente frequently

frenético / a frenetic

frente (el) front

frente (la) forehead

frente a facing, opposite

fresa (la) dentist drill; strawberry

fresco / a fresh

frialdad (la) coldness

frío / a cold

fríamente coldly

frotar to rub; to strike a match

fuego (el) fire

fuera out

fuerte strong

fuerza (la) strength

fugaz fleeting

fulano / a (el / la) "so-and-so"

fumar to smoke

función (la) event, function, performance

funcionamiento (el) function, how something works

funcionar to work, function

furia (la) anger, fury

furibundo /a furious, enraged

furiosamente furiously

futuro (el) future

furtivamente secretly, furtively

gabinete (el) drawer

galantear to flirt

galería (la) corridor, hall; gallery

galopar to gallop

ganado (el) cattle

ganar to win, gain

garantizar to guarantee

garbanzo negro (el) black sheep of the family

garboso / a elegant, charming

garganta (la) throat

gastar to spend

  bromas to play jokes, pull pranks

gatillo (el) trigger

gato (el) cat

generosidad (la) generosity

generoso / a generous

genial lively; charming

genio (el) genius; temper, temperament, disposition

gente (la) people

  gorda big shots

gesto (el) gesture; grimace

girar to turn

golpe (el) blow

golpear to hit, beat, pound

gordo / a fat

gota (la) drop

gozoso / a joyful

grabar to record; carve, engrave

gracias (las) thanks

gradas (las) bleachers

gragea (la) pill

gran, grande large, big; great

grandullona (el / la) the big one

grave serious, grave

gravedad (la) seriousness

grisura (la) grayness

gritar to shout, scream

grito (el) shout, scream

grueso / a thick, heavy, fat

gruñido (el) grumble, growl

grupo group

guante (el) glove

guapo / a handsome

guardar to save, store away

guardia (el) police

guarnecer to trim

guerra (la) war

guerrero (el) warrior, fighter

guiar to guide

guiñante winking

guión (el) script, libretto

guitarrista (el / la) guitarist

gustar to like

haber to have

habitación (la) room

habitante (el) inhabitant

hablar to speak, talk

  por hablar to talk for the sake of talking

hacer to make, do

  caso to pay attention

  caso omiso to ignore, pay no attention to

  vida de ostras to lead a sheltered life

  –le daño to hurt (someone)

  –se to become

  –se cargo de to take charge of, take over

hacia toward

hacha (el) axe, hatchet

hachazo (el) axe blow

hallar to find

harapos (los) rags

hasta until

hay there is, there are

  gato encerrado to smell a rat

  que one must

hecho (el) deed; fact

helado (el) ice cream

helado / a freezing, icy; frozen

herido / a wounded

herir (ie) to wound

hermano / a (el / la) brother / sister

hermoso / a beautiful, pretty

heroico / a heroic

hervir (ie) to boil

hierático / a pompous

hierro (el) iron

hijo / a (el / la) child: son / daughter

hinchado / a swollen

hinchar(se) to swell

hipócrita (el / la) hypocrite

hispánico / a Hispanic

histérico / a hysterical

historia (la) history; story

hogaril homey; homely

hoja (la) leaf; sheet of paper

  de acanto acanthus leaf

hombre (el) man

hombro (el) shoulder

homicidio / a (el / la) homicide

hondo / a deep

hondura (la) depth

honradez (la) honesty

honrado / a honest; honorable

hora (la) hour, time

hospedar to lodge; to put up

hoy today

hueco (el) hole, hollow

hueso (el) bone

huésped (el / la) guest

huir to flee

humanidad (la) humanity

humedecer (zc) to dampen

húmedo / a humid, damp

humo (el) smoke

hundir to sink

idea (la) idea

idear to think up

igual equal, alike, same

ignorancia (la) ignorance

ilustre illustrious

imagen (la) image

imaginar to imagine

impaciencia (la) impatience

impaciente impatient

impedir (i) to hinder, impede

ímpetu (el) impetus

implacable implacable, inexorable

imponente imposing; sensational
imponer to impose
importar to matter
importuno / a bothersome
imprescindible essential, indispensable
impresionadísimo very impressed
impresionante impressive
impresionar to make an impression, impress
imprevisto / a unforeseen
improvisado / a improvised
imprudencia (la) imprudence
impulso (el) impulse
inaudito / a unheard of
incansable indefatigable, tireless
incendio (el) fire
incertidumbre (la) uncertainty
inclinar(se) to bend, lean over
incluir to include
incluso even
inconsciente irresponsible; unconscious
incredulidad (la) incredulousness
incorporar(se) to sit up, incorporate; to pull oneself together
indicar to indicate
indiferente indifferent
indígena (el / la) native, Indian
indignadamente indignantly
indignado / a indignant, angry
indignidad (la) indignity
indio / a (el / la) Indian
indiscreción (la) indiscretion
indocumentado / a (el / la) illegal migrant worker
indudable undoubted, doubtless, certain

industrial (el) industrialist, businessman
inevitable unavoidable
infalible infallible
infancia (la) infancy; childhood
infantería (la) infantry
infatigable indefatigable, tireless
infeliz unhappy
inferior lower; inferior
influencia (la) influence
informar to inform, report
informe (el) report
ingeniero (el) engineer
inglés (el) Englishman; English language
ingreso (el) entrance, admission
iniciar to initiate, begin
injusto / a unfair, unjust
inmóvil motionless
innecesario / a unnecessary
inocencia (la) innocence
inocente innocent
inquietud (la) restlessness
insensible insensitive
insertar to insert, include
inservible useless, unserviceable
insoportable intolerable
inspirar to inspire
instalar(se) to install, establish (oneself)
instrucciones (las) instructions
insubordinar(se) to incite to rebellion, to rebel against authority
insulto (el) insult
inteligencia (la) intelligence
inteligente intelligent
inteligentemente intelligently
intensificar to intensify
intentar to try, endeavor, attempt
intercambiar to exchange

interés (el) interest
interesante interesting
interesar to interest, concern
interfecto (el) murder victim
internado (el) boarding school
interponer(se) en el camino to stand in the way
interpretar to interpret
intérprete (el / la) interpreter
intervenir (ie) to intervene
interrogar to question
interrumpir to interrupt
interrupción (la) interruption
íntimo / a intimate
introducir (zc) to insert, bring into
inútil useless
inútilmente uselessly
invadir to invade
inventar to invent
investigación (la) research; investigation
ir to go
minando to drain; to undermine
ira (la) anger, ire
iracundo / a angry
ironía (la) irony
irreal unreal
irritante (el) irritant
izquierdo / a left

jadeante panting, breathless, gasping
jamás ever, never
jamón serrano (el) Spanish cured ham
jergón (el) mattress
joven (el / la) young person
joven young
jubiloso / a jubilant, joyful
juego (el) game

juez (el / la) judge
jugar (ue) to play
juicio (el) trial
juntar to join, unite, put together
junto a next to
junto / a close, near, at hand
jurado (el) jury
justificar to justify
justo / a fair, just, right
juventud (la) youth
juzgar to judge

labio (el) lip
lado (el) side
ladrar to bark
ladrón (el) robber, thief
lágrima (la) tear
languidecer (zc) to languish, pine
largo / a long
lástima (la) pity, compassion
¡qué lástima! what a shame!
lastimar to bruise, scratch, hurt
latido (el) beat (heart)
latir to beat (heart)
lavar(se) to wash (oneself)
lecho (el) bed
lector / a (el / la) reader
lectura (la) reading
leer to read
legar to will
lejano / a far away
lengua (la) tongue; language
lentamente slowly
lentitud (la) slowness
lento / a slow
leña (la) firewood
letra (la) letter (of alphabet)
letrero (el) sign
levantar(se) to lift, to get up
leve small; light, slight
levemente lightly
levísimo / a slight
librar(se) to free (one-

self)
libre free
libro (el) book
líder (el) leader
ligero / a light,thin; swift
ligeramente lightly
limonada (la) lemonade
limpio / a clean
limpiar to clean
lindo / a pretty, lovely
línea (la) line
lira (la) lily
listo / a ready; quick, clever
lo alto top
lo demás the rest
lo que that which, what
loco / a (el / la) crazy person
  rematado / a raving lunatic
lógicamente logically
lógico / a logical
lograr to reach, attain, achieve
loza (la) china, fine earthenware
lucir to glow, gleam
lucha (la) fight, battle
luchar to fight
luego later
lugar (el) place
lujoso / a luxurious
lujosamente luxuriously
lumbre (la) fire, brightness
luminoso / a luminous, shining
luna (la) moon
lunes (el) Monday
luz (la) light

llama (la) flame
llamar(se) to call; to be named
llave (la) key
llavero (el) key holder
llegada (la) arrival
llegar to arrive
lleno / a full

llevar to take, carry
llevar a to lead to
llorar to cry
llover (ue) to rain
lluvia (la) rain

macabro / a macabre, gruesome
macizo / a compact, solid, firm
madera (la) wood
madrastra (la) stepmother
madre (la) mother
madrugada (la) early morning
madrugador / a (el / la) early riser
maduro / a mature
maestría (la) mastery
maestro / a (el / la) teacher; expert artist
magnífico / a magnificent
majo / a snappy
maldecir to curse; slander; mutter
maldición (la) curse; imprecation
malestar (el) uneasiness, discomfort
malo / a bad
malvo / a mauve
manchado / a stained
manchar(se) to stain (oneself)
mandar to order; to send
mandato (el) order
mandíbula (la) jaw
manejar to drive; to manage
manera (la) manner
manga (la) sleeve
mangas de camisa shirtsleeves
manía (la) whim; mania; habit
manifestación (la) demonstration
maniobra (la) maneuver
mano (f.) (la) hand
manojo (el) handful

mansión (la) residence, mansion

manso / a tame

mantener support, maintain

mañana tomorrow

maquillaje (el) make-up (cosmetics)

máquina (la) machine **de escribir** typewriter

mar (el) sea

maravilloso / a marvelous, wonderful

marca (la) brand

marchar(se) to leave, go away

marcial martial

marido (el) husband

marioneta (la) marionette, puppet

más more **allá (de)** beyond

masticar to chew

matar to kill

materno / a maternal

matriarcado (el) matriarchy, matriarchate

matricular(se) to matriculate; to register (school)

matrimonio (el) matrimony; married couple

máximo / a maximum

mayor older, oldest; greater

mayordomo (el) butler; steward of country home

mayoría (la) majority

mecanismo (el) mechanism

mecanógrafo / a (el / la) typist

mediano / a medium, average; fair

médico (el / la) doctor

medio / a half

meditar to meditate

mejilla (la) cheek

mejor better

melodía (la) melody

memoria (la) memory

mencionar to mention

menor younger

menos less **mal** fortunately

menosprecio (el) scorn

mensaje (el) message

mensualidad (la) monthly pay or payment

mente (la) mind

mentir (ie) to lie

mentira (la) lie

mentiroso / a (el / la) liar

merecer (zc) to deserve

merendar (ie) to have a snack

mesa (la) table

mesero / a (el / la) waiter / waitress

mesita de noche (la) night table

metálico / a metallic

meter to put, get in, into

meter(se) to become involved

miedo (el) fear

miedoso / a fearful

miel (la) honey

miembro (el) member

mientras while

migaja (la) crumb

mil thousand

milagro (el) miracle

militar (el) military person

millonario / a (el / la) millionaire

minar to mine, sap, drain

mínimo / a minimum

minoría (la) minority

minoritario / a minority

minuto (el) minute

mío / a my, mine

mirada (la) look

mirar to look at

misa (la) mass (church)

misántropo (la) misanthrope

mismo / a same

misterio (el) mystery

moda (la) style, fashion

modales (los) manner, behavior

modelo (el) model

modesto / a modest

modificar to modify

modo (el) mode, manner, method

mojado / a wet

molde (el) mold, pattern

molestar to bother, annoy

molestia (la) bother, annoyance

momentáneamente instantly, momentarily

momento (el) moment

monja (la) nun

mono / a cute

monólogo (el) monologue

monótonamente monotonously

monstruo monster

monstruoso / a monstruous

montante (el) frame

montar(se) to mount, get on

mordedura (la) bite

morder (ue) to bite

mordisquear to nibble

moreno / a brown; tan

morir(se) to die

moro / a Moorish

mortificar to mortify

mostrador (el) store counter

mostrar(se) (ue) to show (oneself)

motivo (el) motive, reason

movedizo / a movable, shifting

mover(se) (ue) to move

movimiento (el) movement

mozo / a (el / la) young boy / girl

muchacho / a (el / la) boy / girl

mucho / a much, many

mudo / a mute; speechless

mueblaje (el) furnishings

mueble (el) piece of furniture

mueca (la) face, grimace

muela (la) molar

muerte (la) death

muerto / a (el / la) dead person

muestras (las) signs; symptoms

mugir to moo

mujer (la) woman; wife

mullido / a softly filled

mundo (el) world

municipio (el) municipality; town hall

muñeca (la) wrist

muñeco / a (el / la) doll, puppet

murmurar to murmur; spread rumors

músculo (el) muscle

museo (el) museum

música (la) music

mutuo / a mutual

nacer to be born

nada nothing

nadie no one, nobody

nalga (la) buttock, rump

nariz (la) nose

narrador / a (el / la) narrator

narrar to narrate, tell

natal natal; native

nativo / a native

náufrago / a (el / la) castaway

Navidad (la) Christmas

nazareno (el) Nazarene; penitent

necesario / a necessary

necesidad (la) need

necesitar to need

negar (ie) to deny, refuse

  –se a (+inf.) to refuse (to do something)

negativo (el) photograph negative

negativo / a negative, negatory

negocio (el) business

negro / a black

nervioso / a nervous

nerviosamente nervously

neutro / a neutral

ni neither

  falta que me hace nor do I need one

  siquiera not even

nieto / a (el / la) grandson / granddaughter

nieve (la) snow

niñez (la) childhood

ningún, ninguno / a none, not one

niño / a (el / la) boy / girl, child

nivel (el) level

noche (la) night

nogal (el) walnut tree

nombrar to name

nombre (el) name

normalmente normally

norte (el) north

nosotros / as we, us

nota (la) note

notar to note, notice

noticias (las) news

novela (la) novel

novelería (la) fondness for novelty; romantic ideas

novio / a (el / la) boyfriend / girlfriend; groom / bride

nuca (la) nape (of neck)

nudo (el) knot

nuestro / a our

nuevamente newly, recently, freshly

nueve nine

nuevo / a new

nulo / a null; void; worthless

número number

  impar odd number

  par even number

numeroso / a numerous, many

nunca never

o; o . . . o or; either . . . or

objeto (el) object

obligar to obligate, force

obra (la) work

obrero / a (el / la) worker

observar to observe

obstinación (la) stubborness

obstinar(se) to persist

obtener to obtain, get

obvio / a obvious

ocasión (la) occasion, chance

ocultar(se) to hide (oneself)

ocupante (el / la) occupant

ocupar(se) to occupy (oneself)

ocurrencia (la) occurrence, incident; idea

ocurrir to occur, happen; to come to mind

ocho eight

odio (el) hate, hatred

ofender to offend

oficial official

oficina (la) office

ofrecer (zc) to offer

oír to hear

¡Ojalá (que . . .)! would (that . . .)! I wish (that . . .)! If only . . .!

ojeada (la) glance

ojo (el) eye

oleada (la) wave

olor (el) odor

olvidar(se) to forget

once eleven

opaco / a opaque

operación (la) operation

operar to operate

oportunidad (la) opportunity

opresor (el) oppressor

oprimir to oppress, overpower, to crush

optimista (el / la) optimist

opuesto / a opposite

órbita (la) orbit

orden (el) order

orden (la) order, command

ordenar to order

oreja (la) ear

organizar to organize

órgano (el) organ

orgullo (el) pride

orgulloso / a proud
orificio (el) orifice, opening
oro (el) gold
orondo / a round, hollow, big-bellied
oscilación (la) oscillation, swinging
oscurecer (zc) to get dark; to darken
oscuro / a dark
otro / a other, another

paciencia (la) patience
paciente (el / la) patient
padre; (el) los padres father; parents
pagar to pay
página (la) page
país (el) country
paja (la) straw
pájaro (el) bird
palabra (la) word
palacio (el) palace
palanca (la) lever, pull; (influence, *slang*)
palco (el) theatre box
palidecer (zc) to turn pale
pálido / a pale
palillo (el) matchstick; toothpick
palpar to touch, feel, grope
pamplina (la) nonsense
pan (el) bread
pantalones (los) pants
papel (el) paper; role (play)
paquete (el) package
para for, in order to
  adentro inside
  que so that
paralizar to paralyze
parapetar(se) to shelter; to take shelter
parar(se) to stop (oneself); to stand
parcela (la) lot
parcelar to divide up
parecer (zc) to seem
pared (la) wall

pareja (la) couple, pair
parejo / a alike
paréntesis (el) parenthesis
pariente (el / la) relative
parlanchín / a chatterbox
paroxismo (el) paroxysm
parpadear to flicker; to blink
párpado (el) eyelid
parque (el) park
parte (la) part, portion
participar to participate
particularmente particularly
partido (el) game, match
partir to part, divide
párrafo (el) paragraph
parroquiano / a (el / la) customer, client
pasado (el) past
pasajero / a (el / la) passenger
pasaporte (el) passport
pasar to pass, spend
  –lo bien to have a good time
pasillo (el) passageway, hallway
paso (el) step
pastilla (la) tablet, lozenge, pill
pastor / a (el / la) shepherd
paterno / a paternal
patético / a pathetic
patetismo (el) pathos
patio (el) patio, yard, courtyard
pausa (la) pause
pavada (la) nonsense
paz (la) peace
pecado (el) sin
pecar to sin
pecho (el) breast; chest
pedazo (el) piece
pedir (i) to ask for
pegado / a stuck
pegar to hit; to stick
  un tiro to shoot
peinar(se) to comb (one's) hair

película (la) movie
peligro (el) danger
pelo (el) hair
peluquero / a (el / la) hairdresser; barber
pellejo (el) skin
pena (la) pity; punishment; sorrow
  de muerte death penalty
penetrar to penetrate
pensamiento (el) thought
pensar (ie) to think
pensativo / a pensive
penumbra (la) semidarkness
pequeño / a small
perder (ie) to lose
perdido / a lost
perdonar to pardon, forgive
periodista (el / la) journalist, reporter
período (el) period
permanecer (zc) to remain, stay
permiso (el) permission; permit
permitir(se) to permit, allow; to take the liberty of
pero but
perro / a (el / la) dog
perseguir (i) to pursue, chase
personaje (el) character (fictional)
pertenecer (zc) to belong to
pesadilla (la) nightmare
pesar to weigh
peso (el) weight
pianista (el / la) pianist
picardía (la) mischievousness
pico (el) beak
pie (el) foot
piedad (la) piety; pity
piedra (la) rock, stone
pierna (la) leg
pieza (la) piece, part; room
pintor /a (el / la) painter
pinzas (las) forceps, tweezers

pionero (el) pioneer
piso (el) floor; apartment
pista (la) clue
pistola (la) pistol
plagado / a plagued, infested
plan (el) plan
planear to plan
planeta (el) planet
planta (la) plant; floor
platicar to chat, converse, talk
plato (el) plate, dish
pluma (la) feather
población (la) population, people; town
poblar to inhabit, populate
pobre poor
pobrecito / a poor little one
pobreza (la) poverty
poca cosa nothing much
poco / a a little
poder (ue) can, to be able to
poder (el) power
poderoso / a powerful
poema (el) poem
polaco / a Polish
policía (el) police officer
policía (la) police force
político / a political
póliza (la) policy
polvoriento / a dusty
pomos de loza (los) porcelain jars
poner to put, set
　en marcha to put into gear; to start; to put in motion
　–se to become
　–se de pie to stand up
por for, through, by
　casualidad by chance
　encima de todo above all else
　favor please
　fin at last
　hacer to be done
　lo menos at least
　lo pronto for the moment, for the time being

lo tanto therefore
otra parte on the other hand
qué? why?
sí solo / a by oneself
suerte luckily
último for the last thing
un instante for a moment
pormenor (el) detail
porque because
portazo (el) door slamming
portero (el) caretaker; doorman
posar to perch, settle
poseer to possess, have
posibilidad (la) possibility
poso (el) sediment, dregs
posterior rear; later, subsequent
postizo / a fake, false
práctica (la) practice
práctico / a practical
precio (el) price
precioso / a precious; beautiful, lovely
precipitadamente hurriedly
precisar to need; to specify
precisamente exactly, precisely
preferir (ie) to prefer
pregunta (la) question
preguntar to ask
prejuicio (el) prejudice
preludio (el) prelude
premio (el) prize
prender to seize, grasp, capture
preocupar(se) to worry
preparar to prepare
presagio (el) foreboding, omen
presencia (la) presence
presenciar to be present at, witness, see
presentar(se) to introduce (oneself, one person to another); present

presente present; here
presión (la) pressure
prestar to lend; to borrow
presunto / a presumed, supposed
presuroso / a pressured, hurried
prevalecer (zc) to prevail
prever to foresee
prieto / a dark, swarthy
primero / a first
primero / a (el / la) the first one
primo / a (el / la) cousin
principio (el) beginning
prisa (la) rush, hurry
prisionero (el) prisoner
privado (el) bathroom
privado / a private
probar (ue) to try; to prove; to taste
producir (zc) to produce
profundo / a profound, deep
programa (el) program
progresar to make progress
progresivo / a progressive
progreso (el) progress
prohibir to prohibit
prójimo / a (el / la) one another, (colloquial, spouse)
promedio (el) average
promoción (la) promotion
pronto soon
propio / a own
propuesta (la) proposal
proseguir (i) to continue
protagonista (el / la) protagonist, main character
proteger to protect
protesta (la) protest
provocar to provoke
próximo / a next
proyecto (el) project
prueba (la) test, trial; proof
psiquiatra (el / la) psychiatrist
públicamente publicly

publicidad (la) publicity
público (el) audience
pueblo (el) people; town
puente (el) bridge
puerta (la) door
pues thus, well
pugna (la) fight, quarrel; conflict
pulir to polish
pulsera (la) bracelet
pullman (el) armchair
punta (la) point; tip
punto (el) point, dot
punzada (la) prick, pang
puñado (el) fistful
puñal (el) dagger
puño (el) fist
puro / a pure

que that, which, who, whom
¿qué? what? which?
quedar(se) to stay, remain
  bien to make a good impression; to be on good terms with
quejar(se) to complain
quemar(se) to burn (oneself)
querer (ie) to want, wish, love
querido / a dear
queso (el) cheese
quien who, whom
¿quién? who?
quieto / a quiet; still
quinto / a fifth
quitar(se) to take off; to take away, remove
quizá(s) perhaps

racha (la) gust of wind; bit of (good or bad) luck
rama (la) branch
rampa (la) ramp

rápidamente rapidly
raro / a rare, strange, odd
rascar(se) to scratch, scrape
rasgado / a almond shaped
rasgar to tear, cut, rip
rato (el) a while
raya (la) stripe, line
raza (la) race
razón (la) reason
reacción (la) reaction
reaccionar to react
reafirmación (la) reaffirmation
realidad (la) reality
realizar to fulfill, carry out
realmente really
reaparecer (zc) to reappear
rebelar to rebel; to excite
rebeldía (la) disobedience, rebelliousness
rebelión (la) rebellion
rebuznar to bray
recado (el) message
receloso / a apprehensive
recibir to receive
reciente recent
recíproco / a reciprocal
recitar to recite
reclutamiento (el) recruitment
recoger to pick up
recomponer to put back together
reconocer (zc) to recognize
recontar (ue) to recount
recordar (ue) to recall, remember
recorrer to run over, travel; to examine
recuerdo (el) remembrance, memory
recuperar to recover
rechazar to reject
redentor / a redemptive
redondo / a round
referir (ie) to refer, narrate

reflejar to reflect
reflejo (el) reflex
reflexionar to reflect on, meditate
reformar to reform, change
refrescar(se) to refresh
refresco (el) refreshment
refugiar(se) to (seek) refuge
refugio (el) refuge
regalar to give, present, treat
régimen (el) diet
regocijado / a joyful, delighted
regresar to return
regreso (el) return
reír to laugh
relación (la) relation
relacionado / a related
relatar to relate, report
relieve (el) relief
religioso / a religious
reloj (el) clock, watch
relucir (zc) to shine
reminiscencia (la) remembrance
remoto / a remote
renacer to be born again
rencor (el) rancor
renovar (ue) to renew
repasar to check over, review
repaso (el) review, going over
repetición (la) repetition
repetir(se) (i) to repeat (itself / oneself)
reponer to reply, retort
reposado / a resting, reclining
reposo (el) rest, repose
reprender to reprimand
repugnancia (la) repugnance, revulsion
reputación (la) reputation
requerir (ie) to require
resbalar to slip, slide
reseña (la) review, report
reservar to reserve

residencia (la) residence
resignado / a resigned
resistencia (la) resistence
resistir to resist
resolver (ue) to resolve
resonar (ue) to resound
resorte (el) spring
respaldo (el) back of a seat
respeto (el) respect
respirar to breathe
resplandor (el) splendor, brilliancy
responder to answer, respond, reply
respuesta (la) answer
restar to subtract, take away
resto (el) rest, remainder
resultado (el) result; score
resultar to result
resumir(se) to sum up
retener to retain, hold
retirar(se) to retire; to withdraw, leave
retraer to retract
retrasar(se) to be delayed
retrato (el) picture, portrait
reunión (la) meeting, get-together
reunirse to get together
reverencia (la) bow, curtsy
revisar to look over, check
revista (la) magazine
revolucionario / a revolutionary
revuelto / a upset, messy
rey (el) king
rico / a rich
rictus (el) convulsive grin
ridiculizar to ridicule, laugh at
riesgo (el) risk
riesgoso / a risky
rincón (el) corner

riñón (el) kidney
río (el) river
robado / a stolen, robbed
robar to rob, steal
robusto / a robust
rodar (ue) to roll
rodeado / a surrounded
rodear to surround
rodilla (la) knee
rogar (ue) to plead, beg
rojo / a red
romper to break
cascos to crack skulls
roncar to snore
ronco / a hoarse
ropa (la) clothing
rosa (la) rose
rostro (el) face
roto / a broken, torn
rubio / a blond
ruborizar(se) to blush
rudamente rudely, roughly
ruido (el) noise
rumor (el) murmur; rumor

sábado (el) Saturday
saber(se) to know
sablazo (el) sabre blow
sabroso / a flavorful
sacar to take out
los pies del tiesto to overstep the limits
saco (el) jacket, sportcoat
sacrificar(se) to sacrifice
sacrificio (el) sacrifice
sacudido / a shaken
sala living room
de conciertos concert hall
de espera waiting room
salida (la) exit
salir to leave
bien to come out all right

salón (el) living room; parlor
salsa (la) sauce
saltar to hop; skip; leap
saludar to greet
saludo (el) salute; greeting
salvar(se) to save (oneself)
salvavidas (el) life preserver
salvo except
sangrante bleeding
sangrar to bleed
sangre (la) blood
santo / a (el / la) saint
santo / a holy
satírico / a satirical
satisfacer to satisfy
satisfecho / a satisfied
de sí pleased with oneself
secar to dry
secreto / a secret
seda (la) silk
seguir (i) to follow
+ gerund to continue doing something
según according to
segundo / a second
seguramente surely
seguro / a sure
seguro (el) insurance
seis six
selva (la) jungle, forest
semana (la) week
sencillo / a simple, easy
senda (la) path
sendero (el) path
sensación (la) sensation
sentar(se) (ie) to sit down
sentenciar to sentence; pronounce
sentido (el) direction; meaning
inverso opposite direction
sentimiento (el) sentiment, feeling
sentir(se) (ie) to feel
a gusto to feel comfortable
señalar to point out, signal, indicate

señor / a (el / la) man / woman; Mr., Mrs.

señorita (la) young lady; Miss

separación (la) separation

separar to separate

séptimo / a seventh

ser to be

ser humano (el) human being

serio / a serious

serpiente (la) serpent, snake

servilleta (la) napkin

servir (i) to serve; to be good for

sesenta y uno sixty-one

seto (el) hedge

si; sí if; yes

siempre always

siete seven

siglo (el) century

significado (el) meaning

signo (el) sign

siguiente next, following

silbotear to whistle

silencio (el) silence

silenciosamente silently

silueta (la) silhouette

silvestre wild

silla (la) seat, chair

sillón (el) easy chair
de resortes chair with moveable parts

simiescamente ape-like, apish

similitud (la) similarity

simpático / a pleasant, nice

simultáneamente simultaneously

sin without
embargo nevertheless

sino but (with negative)

sinónimo (el) synonym

siquiera even

sisear to hiss

sitio (el) place, site

situación (la) situation

situado / a placed, situated

situar to put in place

sobaco (el) armpit, armholes

sobre (el) envelope

sobre over, on top of, above

sobrenatural supernatural

sobreponer(se) to overcome, to rise above

sobresaliente outstanding

sobresalir to stand out

sobretodo (el) overcoat

sobrevenir to happen unexpectedly

sobrevivir to survive

sol (el) sun

solamente only

solapa (la) lapel

soldado (el) soldier

solemne solemn

solicitar to solicit

solitario / a (el / la) solitary person

sólo / a only

soltar to let loose
una carcajada to burst out laughing
una risotada to burst out laughing

soltero / a (el / la) bachelor / single woman

sollozo (el) sob

sombra (la) shadow; shade

sombrero (el) hat

sonar (ue) to sound

sonido (el) sound

sonreír to smile

sonrisa (la) smile

soñar (ue) to dream

soplar to blow

soportar to bear, endure, stand

sorber to sip
el moquillo to sniffle

sorbo (el) sip

sórdido / a sordid

sordo / a deaf

sorna sarcasm, irony, sarcastic or ironic tone

sorprender to catch by surprise

sorprendido / a surprised

sorpresa (la) surprise

sospechar to suspect

sostener to sustain, hold, support

suave smooth, soft

suavemente smoothly, softly

subir to go up

subrayado / a underlined

subversivo / a subversive

sudar to sweat

sudor (el) sweat, perspiration

sudoroso / a sweaty

sueldo (el) salary

suelo (el) floor; ground; soil

suelto / a loose

sueño (el) dream

suerte (la) luck; fortune

sufrir to suffer

sugerencia (la) suggestion

sugerir (ie) to suggest

sujeto (el) subject

sumar to add up

superior upper, higher, superior

supersticioso / a superstitious

supletorio / a supplemental

suplicante begging

suplicar to plead, beg

suponer to suppose

suprimir(se) to cut out, omit; to suppress

sur (el) south

sureño / a (el / la) southerner

susceptibilidad (la) susceptibility

suscitar to excite, stir up

suspirar to sigh

suspiro (el) sigh

sustantivo (el) noun

sustituir to substitute

susurro (el) whisper

sutil subtle

suyo / a his, hers, yours

taburete (el) chair without arms; stool

táctica (la) tactic

tal so, such
  vez perhaps
talento (el) talent
talón (el) claw; heel
tallar (el) grove, group
  of young trees
también also
tampoco neither
tan so, than
tanteado / a hoped for
tanto / a (como) so
  much (as)
taquigrafía (la) short-
  hand
tardar to be late
tarde (la) afternoon
tardío / a delayed, late
tarima (la) floorboards
taza (la) cup
té (el) tea
teatral theatrical
teatrillo (el) little theatre
teatrín (el) little stage
teatro (el) theatre
técnica (la) technique
techo (el) roof, ceiling
tecnología (la) tech-
  nology
tela (la) cloth
telaraña (la) cobweb
telefonear to telephone
teléfono (el) telephone
telegrafiar to telegraph
tema (el) theme, sub-
  ject; composition
temblar to tremble
tembloroso / a shaky
temer to fear
temeroso / a fearful
temor (el) fear
tempestad (la) storm,
  tempest
temporada (la) season
temprano early
tender (ie) to tend; to
  spread out; to have a
  tendency
tenedor (el) fork
tener to have
  algo de malo some-
    thing is wrong
  en cuenta to keep in
    mind
  familia to have a
    baby
  ganas to feel like,

want to
la culpa de to be to
  blame for
ni la menor noticia to
  not know about
miedo de to be afraid
  of
paciencia to be
  patient
que ver to have to do
  with
razón to be right
salida to have a way
  out
teniente (el) lieutenant
tenso / a tense
tenuemente slightly
teoría (la) theory
tercero / a third
terciopelo (el) velvet
terminar to end, termi-
  nate, finish
término (el) term
ternura (la) affection
terraza (la) terrace, balcony
terrón (el) cube, lump
tesis (la) thesis
tesoro (el) treasure
testigo (el) witness
tío / a (el / la) uncle /
  aunt
tibio / a warm, tepid
tiempo (el) weather;
  tense; time
tierra (la) land
tijeras (las) scissors
timbrar to stamp; to
  ring
tímidamente timidly
timidez (la) timidness
tímido / a timid
tinta (la) ink
tintinear to jingle,
  tinkle
típico / a typical
tipo / a (el / la) guy;
  type
tirar to shoot; to throw
  –se to jump out
tirón (el) pull, tug
titubear stammer, stut-
  ter
titular to title
título (el) title
  hipotecario mortgage
    deed

toalla (la) towel
tocar to touch; to play
  (an instrument)
todas partes every-
  where
todavía still, yet
todo / a all
  era poco nothing was
    enough
tolerar to tolerate
tomar to take; to drink
  rumbo (hacia) to head
    (toward)
tono (el) tone
tontería (la) foolishness,
  stupid remark
tonto / a foolish, silly
topográfico / a
  topographical
tormenta (la) storm,
  tempest
torpeza (la) clumsiness
tortura (la) torture
torrente (el) torrent;
  avalanche
tozudamente stub-
  bornly
trabajar to work
trabajo (el) work, job
tradición (la) tradition
traducir (zc) to trans-
  late
traer to bring
tráfico (el) traffic
tragar(se) to swallow,
  to believe
traición (la) treason,
  betrayal
traje (el) suit; dress
trajeado / a dressed
trama (la) plot
tranquilidad (la) tran-
  quility; peacefulness
tranquilo / a calm
transformar(se) to
  transform (oneself)
transparencia (la) trans-
  parency
trapo (el) rag
transmitir to transmit
transportar to trans-
  port
tras after
traspasar to pass over,
  to cross
tratar to try, treat
  de to try to

tremendo / a tremendous

tren (el) train

trenza (la) braid

tres three

tricolor three-colored

triste sad

tristeza (la) sadness

tristura (la) sadness

triunfar to triumph

triunfo (el) triumph

trompeta (la) trumpet

tropezar con to bump into

tú; tu you; your

tunda thrashing, beating (*coll.*)

tuyo / a yours

u or (before ho or o)

ubicación (la) location, position

último / a latter, last, latest

umbral (el) threshold

únicamente only, uniquely

una vez más once more

uno one

  a uno one to one

  por uno one by one

uno al otro (el) to each other; one another

uña (la) fingernail

urgente urgent

urgir to urge

urna (la) urn

usar to use

usted you (formal)

usufructuario / a ownership, having the use of something

utilizar to use, utilize

vacilar to hesitate

vacío / a empty

vaho (el) breath; vapor

valer to be worth

  se de to make use of

  se por sí mismo to take care of oneself; to manage by oneself

valiente brave

valioso / a worthy, valuable; highly esteemed

valor (el) bravery

varios / as several, various

varón (el) male

vaso (el) glass

vecino / a (el / la) neighbor

vehemente vehement; impassioned

vehículo (el) vehicle

veinte twenty

velocidad (la) velocity, speed

vender to sell

venganza (la) revenge

venir (ie) to come

ventaja (la) advantage

ventana (la) window

ventanal (el) large window

ver to see

veranear to spend the summer vacation

verano (el) summer

verbo (el) verb

verdad (la) truth

verdadero / a truthful, real

verde green

verdulera (la) fishwife; *Fig.* market woman

vergüenza (la) shame

versión (la) version

vestido (el) dress

vestir(se) (i) to dress (oneself)

vez (la) time

viajar to travel

viaje (el) trip

vicio (el) vice, habit

víctima (la) victim

vida (la) life

vidriera (la) glass window

viejo old

viejo / a (el / la) old man / woman

viernes Friday

vigilancia (la) guard duty

vigilar to watch, take care of, keep an eye on

vino (el) wine

violencia (la) violence

viscoso / a viscous, sticky

visita (la) visit

visitante (el / la) visitor

víspera (la) eve

vísperas de la Navidad Christmas Eve

vista (la) sight

vitalidad (la) vitality

viudo / a (el / la) widower / widow

víveres (los) food

viveza (la) liveliness

viviente living

vivir to live

volante (el) steering wheel

voluble fickle

voluntad (la) will, disposition

voluntarioso / a willful

volver (ue) to return

  a (+ *inf.*) to do something again

  sobre los pasos to retrace one's steps

  –se to turn around

voraz voracious, greedy, ravenous

vosotros / as you (*pl.*)

votación (la) voting, vote

voz (la) voice

y and

ya already

yegua (la) mare

yerno (el) son-in-law

yeso (el) plaster

yo I

zagala (la) girl

zanquear to waddle, trot about; to walk bowlegged

zapatilla (la) slipper

zapato (el) shoe

zona (la) zone

Credits

The author wishes to express her gratitude to the authors and publishers for permission to reproduce the following selections:

José Emilio Pacheco, "Aqueronte", from *El viento distante*, México: Ediciones Era, 1963, reprinted by permission of the publisher. Guadalupe Dueñas, "Barrio chino", from *No moriré del todo*, México: Editorial Joaquín Mortiz, 1976, reprinted by permission of the author and the publisher. Augusto Monterroso, "El eclipse", from *Obras completas y otros cuentos*, México: Editorial Joaquín Mortiz, reprinted by permission of the publisher. Marco Denevi, "Apocalipsis", reprinted by permission of the author. José Luis Vivas, "El fósforo quemado", reprinted by permission of the author. Rosaura Sánchez, "Se arremangó las mangas", from *Hispanics in the United States, Vol. II*, Michigan: Bilingual Review/Press, 1982, reprinted by permission of the publisher. Ana María Matute, "Envidia", from *Historias de la Artámila*, Barcelona: Ediciones Destino, 1961. Reprinted by permission of the author and Carmen Balcells. Julio Cortázar, "La continuidad de los parques", from *Relatos*, Buenos Aires: Editorial Sudamericana, 1970, reprinted by permission of the publisher. Enrique Anderson-Imbert, "La conferencia que no di", reprinted by permission of the author. Juan Bonet, "El Bis", from *Manifesto español o una antología de narradores* by Antonio Beneyto, 1973, permission requested of Ediciones Marte. Gabriel García Márquez, "Un dia de estos", reprinted by permission of the author and Carmen Balcells. Mario Benedetti, "La guerra y la paz", reprinted by permission of the author and Editorial Nueva Imagen. David Valjalo, "Blue-Jean", reprinted by permission of the author. Ignacio Aldecoa, "Fuera de Juego", reprinted by permission of Josefina Rodríguez de Aldecoa.